Pierre du CHATEAU

Les Enfants de Clairette

PARIS, 5, rue Bayard, PARIS

ROMANS A 20 CENTIMES

Il paraît un Roman complet chaque Mois donnant, comme texte, la valeur d'un volume à 3 fr. 50.

CHAQUE VOLUME : 20 CENTIMES

port, 5 centimes pour chacun des 10 premiers romans.

Pour recevoir chaque volume dès son apparition, on peut prendre un abonnement annuel de 3 francs pour la France, l'Algérie et la Tunisie, 3 fr. 50 pour les autres Colonies françaises et l'Étranger.

Des conditions exceptionnelles sont faites pour les abonnements par quantités. Les demander à nos Bureaux.

ROMANS PARUS

Nº 1. — L'Homme debout, par ROGER DOMBRE.

Nº 2. — Les Chasseurs du Roi, par GUSTAVE HUE.

Nº 3. — Abandonnée, par EVA JOUAN.

Nº 4. — L'Héritier des ducs de Sallles, par M. DELLY.

Nº 5. — Solange de Morthone, par CLÉMENT D'OTHE.

Nº 6. — Fleur de Genêt, par G.-M. ROUSSEAU.

Nº 7. — Balarin pharmacien, par R. MANOIR.

Nº 8. — Le Capitaine Rex, par R. DUCUET et G. THIERRY.

Nº 9. — L'Ermite du Saint-Gothard, par O'BERNOR.

Nº 10. — Autour de l'Aigle, par M. CASSABOIS.

POUR LES NUMÉROS 11 ET SUIVANTS :
port, 10 CENTIMES.

Nº 11. — Misérable, par RICHARD MANOIR.

Nº 12. — Sans boussole, par LUCIEN DARVILLE.

Nº 13. — Les Enfants de Clairette, par P. DU CHATEAU.

5, RUE BAYARD, PARIS, ET DANS TOUTES LES GARES

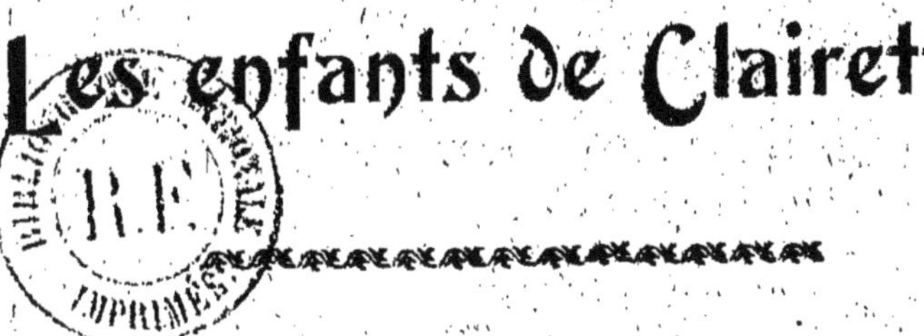Les enfants de Clairette.

I

— C'est entendu, petite fille : tu dis « oui » des deux mains?.....

— Oh!..... tante Rose..... Laissez-moi réfléchir encore, je vous prie.....

— Réfléchir..... réfléchir..... puisque c'est l'idéal : bonne famille, situation brillante, résidence agréable, jeune homme parfait..... oui, parfait, ma chère! Je te l'affirme par serment..... Et, d'ailleurs, tu as un mois de répit ; le prétendant s'en va demain à Châlons pour y faire ses vingt-huit jours..... Libre à toi de les passer dans la retraite, la prière..... avec la plus subtile des balances entre les mains!..... conclut en souriant Mme Rose Lombard.

Claire ne riait pas.

— Tante, dit-elle, je désire voir mon père pour lui demander son assentiment.....

Tante Rose bondit :

— Son assentiment?..... Je voudrais voir, par exemple, qu'il te le refusât! Peut-être a-t-il un protégé dont il chante les louanges lorsqu'il t'écrit? demanda-t-elle ironiquement.

— Non! ses lettres sont tristes..... découragées..... Je crains qu'il soit malheureux.

— Il ne devait pas se remarier!..... Je le lui avais dit! Mais il y a des gens qui n'écoutent rien..... Tant pis pour eux!

Elle reprit son tricot, nerveusement. Bien qu'elle fût bonne, qu'elle se flattât d'être pieuse, elle gardait, tout au fond de son cœur, un vieux levain de rancune contre son beau-frère, le père de Claire, qui, après la mort de sa femme, et au lieu de se consacrer exclusivement à la fillette qu'elle lui avait laissée, s'était mis au pied « le boulet » d'une seconde union, aussi désavantageuse qu'on le pouvait rêver. Tante maternelle de l'orpheline, elle avait cru de son devoir de s'interposer entre l'enfant et la nouvelle famille dont elle ne voulait point entendre parler, bien qu'elle ne l'eût jamais vue.

— Votre fille est à moi! avait-elle dit catégoriquement au père ; je la ferai élever comme elle doit l'être, au couvent des Dames bleues, et, quand elle en sortira, je la marierai ; cela vous va-t-il ?

La question était superflue. Que ça lui convînt ou pas, il dit « oui » parce que sa nature ne le portait à aucune résistance et qu'il avait une nouvelle tâche à remplir. D'ailleurs, il savait sa petite Claire entre bonnes mains ; il irait l'embrasser de temps à autre ; l'époque des vacances, passée à la campagne au milieu d'un essaim de jeunes cousines, lui serait plus profitable que de venir s'enfermer en ville, entre quatre murs.

— Au moins, qu'elle m'aime toujours! dit-il avec un peu de tristesse.

— Quelle folie! Une fille n'aime-t-elle pas toujours ses parents?

Donc, il se résigna, et Mme Lombard n'eut pas de peine à faire respecter les conventions. Très satisfaite de son œuvre, elle vit grandir Claire avec ses enfants à elle, ne faisant aucune distinction entre eux :

— Je suis aussi sa mère, pensait-elle ; sans moi, que serait-elle devenue, hélas!.....

De fait, l'éducation qu'elle lui faisait donner était très bonne. L'esprit, la raison, le cœur se développaient sous une influence intelligente et distinguée, soucieuse à la fois de l'âme et du corps. A de rares intervalles, lorsqu'il lui arrivait d'écrire à son beau-frère, elle disait :

— Claire est une perfection. Elle devient aussi très belle. Je m'occuperai, en temps et lieu, de l'établir.

L'heure était venue. Le mari était là, scrupuleusement choisi par Mme Lombard. Sans les inévitables vingt-huit jours, elle eût sommé sa nièce de dire « oui » sans tergiverser. Enfin, il fallait lui passer quelque chose, à cette bonne petite Claire, si douce, si aimable, si pieuse!

L'excellente tante envoya donc une missive à l'adresse de M. Frédéric Charton, professeur de musique à X... :

« Mon cher ami, votre fille veut absolument aller vous voir pour causer avec vous. Une amie à moi, qui voyage sur la ligne de l'Est, se charge de lui servir de mentor. Trouvez-vous en gare, demain, entre deux et trois heures de l'après-midi. Toute ma maisonnée va bien ; je souhaite qu'il en soit ainsi de la vôtre, et je me dis toujours votre affectionnée sœur..... »

Très contente d'elle-même, de sa tolérance et de sa courtoisie, Mme Lombard remit sa lettre au facteur.

— Allons, c'est fait, Claire, tu pars demain. N'emporte pas de bagages..... Si?..... Tu ne resteras pas un mois tout entier, c'est moi qui te le dis..... Tu sais, pas de fausse honte : reviens dès que tu le voudras..... même, envoie-moi une dépêche : la voiture ira te chercher au chemin de fer.....

La jeune fille embrassa sa tante ; elle se sentait maintenant un peu attristée de s'en aller ainsi, loin de la demeure si gaie, où la vie se faisait douce, pour se lancer en pays inconnu. Car c'était bien en pays inconnu que Claire allait se rendre : à peine avait-elle entrevu sa belle-mère une fois ou deux ; elle ne connaissait ni la jeune sœur ni le petit frère nés loin d'elle ; son père, même, bon et tendre, comme il se faisait à chacune de ses visites au couvent, ne lui était-il pas comme un étranger? Et, néanmoins, elle cédait, à cette heure si grave de sa propre vie, à l'impulsion irrésistible de se jeter dans les bras qui lui étaient toujours ouverts, bien qu'ils ne l'eussent point protégée.

Malgré l'affection très vive qui l'unissait à sa tante, avait-elle souffert de cet éloignement?..... Peut-être son cœur, très tendre et délicat, s'était-il ému à chacune des rares visites qu'elle recevait au couvent, à chacun des rares baisers qu'elle donnait ou rendait avec une certaine timidité, comme il s'émouvait au seuil du mariage prochain..... Mais personne ne l'avait jamais su.

Les jeunes cousines s'étonnèrent et se lamentèrent :

— T'en aller ainsi, ma Claire, à l'heure où nous avons tant de choses à nous dire, tant de projets à édifier!.....

— Au moins, pense à nous!..... Reviens vite!..... Ne reste pas là-bas le mois tout entier!..... Le promets-tu?.....

— Un mois!..... un mois!..... reprit tante Rose qui avait entendu. Je ne donne pas un mois à Claire..... Il faut s'occuper de son trousseau.....

— Chérie, lui glissa dans l'oreille la plus jeune des sœurs, tu sais que c'est dans douze jours le pèlerinage de Notre-Dame de Sion?..... Tu ne peux pas y manquer!..... Qu'est-ce que dirait la Sainte Vierge de nous voir arriver sans toi, et juste en un moment où il te faut bien la prier?

Emue de ces sommations, de ces requêtes, Claire embrassait et réembrassait sa tante et ses cousines :

— Oui..... oui..... soyez sûres, je reviendrai bientôt, le plus tôt possible..... Au revoir..... Adieu..... Adieu!.....

Et, longtemps encore, penchée à la portière du wagon, elle agita son mouchoir, puis elle regarda défiler, un à un, tous les sites connus et familiers, leur murmurant un « au revoir ».

Sa compagne de route était loquace. Ni le bruit continu de la locomotive ni la présence de nombreux voyageurs n'opposèrent une digue au flot incessant de sa conversation : « Vous êtes un peu pâle, ce matin, petite amie..... L'émotion du départ?..... Oui..... oui..... l'émotion!..... Une si bonne tante!..... de si aimables cousines!..... J'ai beau regarder autour de moi, je ne vois personne..... non..... personne qui puisse leur être comparé..... Aussi, partout, je chante leurs louanges..... A propos, quelle est celle des trois sœurs que vous trouvez la plus jolie?..... Anna, je gage, avec ses cheveux noirs et ses yeux bleus?..... A moins que ce soit Juliette, avec ses yeux noirs et ses cheveux blonds?..... Et, cependant, la petite Renée est délicieuse!..... elle a un fripon de nez que je trouve adorable!..... Une grande bouche, par exemple!..... Mais, de si belles dents!..... Et puis, elle a un goût exquis, cette petite!..... Le moindre chiffon la pare comme un autel!..... Tenez, je me souviens de certaine robe rose..... la fille du percepteur possédait la pareille..... Oh!..... comme elle porte mal la toilette, la fille du percepteur!..... On peut lui mettre sur le dos les plus belles choses du monde : ça ne dit rien!..... mais rien..... rien du tout!..... Vraiment, ces sortes de femmes sont bien à plaindre!..... ne trouvez-vous pas?..... Ne craignez donc point de me dire votre sentiment là-dessus, ma petite!..... Je ne répète jamais ce que l'on me confie..... Je me fais de la discrétion un devoir rigoureux..... Jamais je ne parle à tort ou à travers..... C'est le fait d'un esprit inconsidéré..... Ah!..... mon Dieu, déjà onze heures?..... Il faut aller manger un peu...... si..... si..... croyez-moi..... on dirait, à vous voir, que le train vous fait tourner le cœur..... Vous devez avoir l'estomac creux...... Vite, ce petit verre de malaga..... cette aile de poulet..... ce jambon à la gelée..... Bref!..... je disais que la robe rose de Renée..... etc. »

Malgré l'aile de poulet, le jambon et le malaga, Claire, toute défaillante, descendit enfin sur le quai de la gare où sa trop aimable compagne la laissa :

— Adieu!..... Adieu!..... Nous avons passé de bien bons moments ensemble!..... Nous ne pouvons plus nous oublier!..... Il y a, vraiment, de douces heures dans la vie!..... Nous nous reverrons bientôt..... Au revoir!..... Au revoir!..... Dieu, quel mauvais temps!

La jeune fille employa ses dernières forces à esquisser un sourire ; et, comme le train s'ébranlait, elle eut un long soupir de soulagement. Ses yeux voyaient trouble. Où était son père?..... Elle ne l'apercevait pas. Cependant, prévenu par tante Rose, il devait venir au-devant de sa fille.....

Son cœur se serrait. Cette complète solitude dans la vaste gare, ce coudoiement des indifférents empressés vers la sortie, la pluie torrentielle qui tombait à grand fracas sur la voûte vitrée, tout concourait à rendre l'arrivée des plus tristes; au point que la jeune fille murmura :

— Oh!..... j'ai eu tort de venir.....

Enfin, elle sortit de la foule, et, ses bagages reconnus, accepta l'offre d'un cocher.....

— Quelle rue, s'il vous plaît? demanda-t-il.

— Ville-Vieille, impasse du Bon-Pays.....

Le cocher fit la grimace :

— A une lieue, ce quartier-là!.....

Il prononçait « ce quartier » en fronçant les narines d'un air de suprême dédain et en toisant Claire de la tête aux pieds, comme pour deviner quel mobile guidait une personne « du beau monde » vers un coin si populeux. La Ville-Vieille, transformée en cloaque par l'orage, déversait, du haut de ses toits, par toutes ses gargouilles, des cataractes qui rejaillissaient sur les glaces de la voiture et pénétraient de vive force à l'intérieur. A l'entrée de l'impasse, le cocher arrêta l'attelage :

— Je ne peux pas crever mes chevaux : il faut descendre ici!......

Elle n'essaya pas de résister, paya, descendit, trop heureuse encore que l'automédon voulût bien lui jeter sa malle à l'entrée d'une maison portant le numéro 13.....

— Voilà!.....

Oh! ce numéro 13, elle ne se le représentait pas encore ainsi, malgré les demi-révélations de tante Rose ; elle l'avait cru modeste et non misérable, comme il l'était ; car, en suivant l'étroit corridor aux dalles inégales, elle parvint au bas d'un escalier en colimaçon, sur un côté duquel pendait, en guise de rampe, une corde graisseuse où sa main n'osa s'appuyer. Des portes s'étaient entre-bâillées sur son passage, et des têtes curieuses s'avancèrent.....

— M. Frédéric Charton, s'il vous plaît?.....

— Au troisième, sur la cour, Madame!..... Faut-il appeler, pour que vous ne montiez pas?.....

Elle fit signe qu'elle montait ; mais qu'elle eût voulu ne pas monter, la pauvre Claire!..... Lorsqu'elle escalada ces marches usées, glissantes, interminables, son cœur défaillit plus encore qu'en wagon.....

Claire fut forcée de s'arrêter à chaque palier des différents étages ; et là encore des yeux indiscrets vinrent la surprendre, des voix la questionner :

— C'est-il M. Charton que vous voulez voir ? Il n'y est pas. Il n'y est jamais. Mais Madame y est toujours..... Les enfants aussi, grand Dieu !.....

Et, au second, elle hésita. Allait-elle redescendre ?..... Une sorte de terreur la prenait, semblable à celle que cause la vue d'un précipice à un touriste inexpérimenté. Son père n'était pas venu à sa rencontre ; se souciait-il de la voir ?..... de la voir *chez lui* ?..... Et, une fois encore, elle eut un mouvement de recul. Sans les têtes échelonnées sur son passage, elle se fût enfuie.....

Plus lentement, elle gravit les dernières marches, puis aperçut une inscription en lettres noires sur le mur enfumé :

FRÉDÉRIC CHARTON,
professeur

(1re porte à gauche au fond du couloir).

Elle s'avança, tâtonnant, assourdie par un vacarme de cris, de pleurs, de miaulements furieux ; mais sa main ayant rencontré une patte de lièvre suspendue à une ficelle, elle la tira à tout hasard.....

Un silence de mort succéda au vacarme. Des pas furtifs, hésitants, se rapprochèrent ; la porte s'entr'ouvrit, timide :

— Qui va là ?.....

— C'est moi..... Claire.....

— Ah ! mon Dieu.....

Elle resta sur le seuil. Des éclats de verre encombraient le chemin ; ici et là, un chevalet, une boîte à violon, des cahiers de musique, une table boiteuse couverte de vaisselle ébréchée, des chaises dépaillées, un fourneau de fonte équilibré sur des briques se montraient à ses yeux stupéfaits.

Enfin, une femme parut, rougissante :

— Les enfants viennent de casser la carafe !..... mais entrez tout de même..... On peut encore poser le pied..... Fanny ?..... Gaby ?..... Venez donc !.....

Une brusque envolée se fit dans l'un des coins de la chambre ; et dans la pièce voisine une voix grondeuse demanda :

— Qu'est-ce qu'il y a donc encore par ici ?.....

II

— C'est ma mère..... très âgée..... elle demeure avec nous ; voulez-vous la voir ?

Claire fit signe qu'elle voulait bien. Comme une automate, elle pénétra dans un retiro tout aussi encombré que la première chambre. D'un amoncellement de châles, de couvertures et d'oreillers, émergeait un visage de vieil ivoire, aux yeux très vifs encore et à la bouche enfoncée.....

— C'est Claire !..... vous savez, maman ?..... La fille de mon mari.....

Les yeux dévisagèrent l'arrivante :

— Qu'est-ce qu'elle vient faire ici ?.....

— Elle vient..... elle vient pour voir Frédéric.....

— Ah ! son père..... parce que nous, nous ne lui sommes rien.....

— Rien ?..... Oh !..... c'est-à-dire..... balbutia Mme Charton.

— Une belle-mère !..... Qu'est-ce que c'est qu'une belle-mère ?..... Une ennemie !..... Et la mère d'une belle-mère, une pauvre femme isolée et désolée comme moi:..... qui a eu tant de malheurs..... c'est un embarras !..... si..... si..... un embarras, un être inutile..... importun..... désagréable.....

— Maman !.....

— Non..... non..... laisse, Camille ; je sais ce que je dis ; je suis une charge insupportable..... et si Dieu s'occupait des pauvres gens, il aurait pitié de moi.....

Et regardant Claire en face :

— Je suis pourtant une d'Aigremont, ma petite!..... Et j'ai été jeune et jolie tout comme vous!..... Allez..... allez..... ça ne dure pas..... Les cheveux blanchissent, les dents tombent, la taille se courbe, et on devient un vrai rebut, bon pour la hotte du chiffonnier..... ah!..... ah!..... ah!.....

Ce rire bouleversa Claire ; elle recula de deux pas.

— Vous voyez bien!..... je vous fais horreur..... Une d'Aigremont!.....

Ne recevant pas de réponse, elle continua :

— Dire que j'avais espéré, en mariant Camille, des jours heureux; une existence douce, une vieillesse assurée!..... Comme j'ai été déçue!..... Professeur de violon et de clarinette : belle affaire !..... A peine s'il gagne le pain de ses enfants.....

Ses yeux brillèrent d'un éclat plus sombre :

— C'est pourquoi je suis de trop en ce monde..... Le beau jour, celui où l'on me verra partir!.....

— Oh!..... maman..... maman.....

Mme Charton entraîna Claire, qui défaillait :

— Ma pauvre maman est souffrante..... Bien sûr, elle ne pense pas ce qu'elle dit..... Mais que c'est dur!..... que c'est dur!..... A propos, vous devez avoir faim?..... Vous allez accepter quelque chose.

— Non..... merci..... merci..... Je ne le pourrais pas.....

Comme elle disait vrai!..... Cette réception si imprévue, ce triste intérieur qu'elle ne soupçonnait pas lui causaient un malaise général.

— Puis-je embrasser mon frère et ma sœur?..... demanda-t-elle avec effort.

— Oui..... oui..... sans doute!..... Fanny!..... Gabriel!..... Venez ici.....

Rien ne remua.

— Les méchants!..... les mauvais!..... Je le dirai à votre père..... et puis vous verrez!..... vous verrez!.....

Deux éclats de rire étouffés partirent d'un coin de la chambre.

Mme Charton déplaça un fauteuil en ruine, le chevalet, la table boiteuse et mit en lumière, tassés sur le plancher, deux êtres qui, au premier abord, n'avaient rien d'humain. De longs cheveux en désordre leur couvraient le visage, et ce qui en paraissait était plus noir que la figure d'un charbonnier.....

— Les petits monstres!..... Voilà!..... Ils ont trouvé la bouteille d'encre..... Je les laisserai ainsi pour les montrer à leur père..... Et ils verront!..... je ne leur dis que ça!.....

Les deux « monstres » ne paraissaient pas s'effrayer outre mesure de ce qu'ils devaient voir. A travers les mèches de leurs cheveux, ils regardaient Claire :

— Ne voulez-vous pas venir m'embrasser?..... dit-elle machinalement.

— Allons..... sortez de là!..... Veux-tu le fouet, Gaby?..... Veux-tu être au pain sec, toi, Fanny, toute la journée?.....

Comme ils ne bougeaient pas plus que deux souches, leur mère tenta de les enlever à leur refuge ; Gaby joua des pieds et Fanny des poings. Rouge, confuse, vaincue sur toute la ligne, Mme Charton dit plaintivement :

— Il n'y a point d'enfants comme les miens!..... Je n'ai jamais eu de chance!..... Ils brisent tout.... Ils salissent tout, ils ne veulent rien écouter!..... Pas moyen de les faire obéir!..... Aussi, j'y renonce!..... Ah!..... voici Frédéric.....

Un pas alourdi s'entendait dans le couloir ; la porte s'ouvrit, Claire s'élança :

— Papa!.....

Elle faillit reculer de surprise, tant il lui sembla méconnaissable depuis leur dernière entrevue. C'était maintenant un vieillard, chauve, la barbe blanche, le front ridé et le teint jauni ; sa haute taille s'était voûtée, et ses vêtements flottaient, trop larges pour son corps.

— Papa!..... dit-elle une seconde fois, cachant sa tête dans la poitrine de son père pour qu'il ne la vît pas pleurer.....

— Ma chérie!..... Ma chérie!..... répétait-il, lui baisant les cheveux avec un peu d'embarras.

Puis, s'excusant :

— Je n'ai pu aller à ta rencontre..... Juste une leçon à cette heure-là!..... Mais je croyais que ta mè..., que Camille, je veux dire, y aurait pensé.....

— Oui..... oui..... J'y pensais..... mais je n'ai pu être prête, mon ami.....

Il jeta un regard sur la robe de chambre, toute souillée, dont sa femme était encore vêtue, et il étouffa un soupir.....

— Ma petite Claire!..... Comment as-tu songé à venir me voir?..... Ma pauvre enfant!.....

— Ah! père, je vous ai attendu vainement, cette année!..... J'espérais toujours que vous vous décideriez à faire le voyage...

— Oui..... oui..... c'est un voyage, dit-il à mi-voix..... et je n'ai pas même eu le temps..... ni la force,.... de me donner un bonheur!.....

— Vous êtes malade, papa?.....

— Oh!..... l'estomac est mauvais..... Mais je ne vois pas les enfants?.....

— Fanny?..... Gaby!..... Méchants!..... Voici votre père..... Vous allez voir!.....

Il eut un geste lassé, et, s'efforçant de sourire :

— Croquemitaine, tu vois, Claire?..... Seulement, aujour-d'hui, tu es là..... et la justice ne sévira pas..... Allons, qu'ils paraissent : il y a amnistie..... Comment! ce sont eux?..... Eh bien! la grande sœur va avoir bonne opinion de ces sau-vages..... et Mme Lombard jettera les hauts cris..... Elle se porte bien, tante Rose?..... Comment t'a-t-elle permis de venir?.....

— Mais, père, je ne suis plus une enfant!.....

— C'est vrai..... C'est vrai, ma Clairette!..... Vingt et un ans bientôt!..... Comme tu ressembles à ta mère! ajouta-t-il tout bas.....

Ils s'étaient assis l'un près de l'autre, les mains dans les mains, les yeux dans les yeux. Quatre heures sonnèrent à l'hor-loge voisine, et soudain M. Charton se leva, comme mû par un ressort :

— Je suis en retard!..... Le temps passe vite avec toi..... Tu me donnes quelques jours, mon enfant?.....

— Oui, père, quelques jours.

— Jusqu'à dimanche, au moins?.....

— Si vous le désirez.....

— Oui ! Nous pourrons sortir ensemble..... Je ne sors jamais que pour donner mes leçons..... Au revoir, petite..... Je reviendrai pour dîner.....

Il l'embrassa encore et dit à sa femme, d'un ton presque suppliant :

— Tâche que tout soit prêt pour sept heures, n'est-ce pas, ma bonne amie ?.....

— La pendule avance, je crois.....

— Non, elle va bien..... Pour..... sept heures, n'oublie pas.

— Frédéric a bien aise de dire, remarqua Mme Charton, dès que son mari eut disparu. Il faut que je m'habille, que je coure chez les fournisseurs, que j'allume le feu, que.....

— Mais je vais vous aider, ma mère.....

— Non..... non..... il ne voudrait pas.....

— Je vous assure que si. D'ailleurs, mes cousines et moi, nous aidons tante Rose..... Chacune, à tour de rôle, apprête le repas.....

— Vraiment ?..... Et Mme Lombard est riche, m'a-t-on dit ?

— Je ne sais pas. Mais elle tient à ce que nous sachions tenir un ménage.....

— Des savantes comme vous ?

— Oh !..... la science ne nourrit pas, dit Claire en souriant.

Elle avait défait son chapeau et ses gants :

— Voulez-vous me donner un tablier ?.....

— Un tablier ?..... C'est que..... c'est que..... je crois que je n'en ai pas qui soient raccommodés pour le moment.....

Et, ouvrant une armoire, elle tira, d'un amoncellement de linge, une loque froissée et salie :

— C'est en attendant que j'aie le loisir de faire un point, expliqua-t-elle ; ça n'arrive pas tous les jours.....

Claire étira la toile et noua le tablier autour de sa taille ; du retiro voisin, la grand'mère lui cria :

— Vous voyez que vous êtes chez de pauvres gens, ma petite. Ah ! c'est dur, c'est bien dur, la pauvreté !..... Qui m'eût dit à quelle extrémité je me verrais réduite..... une d'Aigremont !.....

— Est-ce possible !..... Est-ce possible !..... gémit, au même instant, du fond d'une alcôve, Mme Charton.....

Claire accourut, croyant à un malheur.

— Ah !..... figurez-vous..... mais je ne trouve qu'un de mes souliers..... Encore ces maudits enfants !..... Fanny, Gaby, rendez l'autre, tout de suite, ou bien vous n'aurez pas de pâté...

Cette menace, plus terrible que celle de la verge, eut raison des délinquants : se poussant, se bousculant, le bras droit arrondi en bouclier pour parer aux taloches, ils rapportèrent le soulier maternel dépouillé de ses cordons.

— Ah !..... mon Dieu !..... Qu'est-ce qu'ils ont fait du lacet ?... Une bride pour le cheval de bois ?..... Je vous disais bien, Claire : il n'y en a pas de pareils.....

— Un vrai gibier de potence !..... cria l'aïeule.

Et on chercha le cheval de bois, d'abord introuvable, mais si bien attaché, par la bride, à un clou de la muraille, qu'il fut impossible de dénouer le nœud gordien qui le retenait.

— Eh bien, non ! Vous n'aurez pas de pâté !.....

— Maman..... maman..... hi ! hi !..... maman !.....

— Mais votre père vous punira..... vous verrez..... vous verrez..... Et si seulement j'avais un cordon quelconque..... une ficelle..... Enfin..... il fait presque nuit. Pourvu que je ne trébuche pas dans l'escalier..... Ce sera encore beau si je trouve un pâté..... Et si je n'en trouve pas ?..... Après tout, ni maman ni Frédéric n'aiment à manger du pâté, le soir.....

— Alors, c'est pour moi..... toute seule..... Je serais désolée de vous causer le moindre dérangement..... et si vous n'êtes pas forcée de sortir.....

— Pas si loin, alors !..... Tout bonnement au bout de l'impasse, chez le charcutier..... Quelque chose qui va vite..... S'il vous plaît, allumez tout de même le feu.....

Elle partit en coup de vent. Restée seule, Claire chercha les copeaux, les allumettes, interrogea Fanny et Gaby, qui pleuraient parce qu'ils s'étaient fait égratigner par le chat, n'en put tirer un mot, et, de guerre lasse, fut obligée d'attendre le retour de Mme Charton.

Elle tarda. Impitoyable, l'horloge marchait toujours ; enfin, au coup de sept heures, elle reparut, essoufflée :

— Il n'y avait plus rien !..... j'ai couru..... couru..... Un jeudi soir, vous comprenez ?..... Et il a fallu me contenter d'un cervelas....., très gros..... il n'y en a plus de petits.....

Le pas hésitant de Frédéric se fit entendre dans l'escalier.

— Frédéric !..... Ah ! mon Dieu, j'ai oublié le pain.....'C'est bon, qu'on se mette à table. Le boulanger a toujours du pain, lui !

III

— A propos, où couchera Claire? dit M. Charton à sa femme. tout en mangeant du cervelas.

— C'est si petit, chez nous!..... Pas moyen de placer un lit dans la petite pièce..... Voulez-vous dormir à côté de Fanny? dit-elle en hésitant.

— Je veux bien. L'essentiel est de ne déplacer personne....., Tu veux bien de moi, petite sœur?

— Allons, Fanny? réponds donc!

Mais Fanny se fût plutôt laissé arracher la langue. A l'abri de son bras, elle regardait, non sans effroi, la grande sœur ; et quand il s'agit d'aller se coucher, elle se cramponna, des deux mains, à la table, farouche et résolue :

— Non! Non! Non!.....

— Voyons, Fanny!..... Voyons! sois gentille..... Claire ne t'aimera pas..... Frédéric, force-la à obéir!.....

— Oh! pas de scène!..... Je suis fatigué à n'en plus pouvoir..... Un matelas à terre pour la petite : voilà tout!

Et quand Claire se trouva seule dans le retiro d'où son arrivée avait banni l'enfant, elle tira de son sac de voyage du papier à lettres et un crayon. Sur son genou, à la lueur d'une bougie vacillante, elle traça ces quelques lignes :

« Chère tante, je suis arrivée à bon port. Je vous reviendrai lundi prochain ; envoyez la voiture à la gare, s'il vous plaît. Mille baisers! Il y a un siècle que je suis partie..... »

Oui, un siècle!..... Quelle journée!..... Et, à genoux au pied de sa couchette, elle pleura franchement de grosses larmes de pitié et de douleur.....

— Tante Rose a raison! O mon Dieu, que mon père est malheureux!..... Ayez compassion de lui!..... Mon Dieu! mon Dieu! Vous qui êtes bon!.....

C'était une bien courte prière, mais nulle autre ne put sortir de son cœur ; et, longtemps, sans trouver le sommeil, elle la balbutia au milieu de ses sanglots. Oh! oui, pourquoi était-elle venue, sinon afin de recevoir, en chair vive, une flèche acérée dont elle ne pourrait se défaire qu'en s'enfuyant bien vite, bien loin, pour toujours.....

Et, par opposition au tableau décevant qui la poignait, une vision douce flottait dans son esprit : celle de la demeure joyeuse et paisible dont tous les êtres, tous les objets lui criaient d'une voix tendre :

— Reviens!..... Reviens!..... Reviens!.....

— Attendez quatre jours, murmurait-elle ; quatre jours seront bientôt passés.....

Elle le disait sans le croire, tant ces premières heures lui avaient semblé interminables dans le trouble et la surprise de l'arrivée ; mais, excédée de fatigue, elle commençait enfin à s'endormir, quand un bruit de voix, de pas, la réveilla en sursaut. Assise sur sa couchette, cherchant à rassembler ses idées confuses sans trop y parvenir et se demandant où elle se trouvait, elle surprit des gémissements, des plaintes.....

Elle se leva, passa ses vêtements et, tremblante, entr'ouvrit sa porte. Pâle, les traits convulsés, une sueur d'angoisse perlant sur ses tempes, M. Charton paraissait en proie à d'intolérables douleurs.

— Mon père!..... Qu'avez-vous?.....

— Oh!..... Tu as entendu, Clairette?..... Va, va te recoucher, mon enfant!.....

— Mais non!..... Pas avant de savoir ce que je puis faire pour vous soulager.....

— Frédéric a des crises d'estomac, expliqua Mme Charton. Elles lui prennent toujours la nuit..... sans qu'on sache pourquoi.

Involontairement, Claire pensa au cervelas de la veille, et elle dit :

— Qu'ordonne le docteur?.....

— Rien..... des choses impossibles..... balbutia le patient.....

— Mais, pour calmer les douleurs?.....

— Une potion..... Malheureusement, la bouteille est vide.

— Si vous essayiez du thé bien chaud!.....

— Du thé?..... Je n'en ai pas.....

Et, inactive, désolée, Mme Charton plongea sa figure dans ses mains et se mit à pleurer. Ces larmes énervèrent son mari :

— Camille! je t'en prie..... Je souffre doublement.....

Mais elle n'écoutait rien :

— Tout tombe sur nous!..... tout au monde!..... Maman a raison..... Moi-même je ne me sens pas bien..... Je deviendrai comme Frédéric..... bien sûr!.....

Claire lui prit le bras, doucement et fermement tout ensemble, et l'entraîna vers le retiro :

— Je vous en prie..... Couchez-vous dans mon lit..... Moi, je n'ai pas sommeil..... Je resterai à côté de père..... Si..... si..... faites-moi ce plaisir.....

Elle résista d'abord, puis céda. Cette enfant de vingt ans lui en imposait, sans qu'elle s'en rendît compte.....

— Vous le voulez? Vous le voulez? Tu le veux, Frédéric?.....

— Oui..... Oui..... Claire a raison.....

Il se cramponnait à sa fille et la regardait comme pour trouver en cette vue la force de souffrir.

Elle l'embrassa tendrement :

— Je vais vous préparer un breuvage, papa..... Tante Rose l'emploie souvent..... Il vous fera du bien.....

— Si tu veux, petite!..... Si tu veux.....

Une certaine inquiétude obsédait Claire. Trouverait-elle, cette fois, le moyen de faire du feu? Trouverait-elle l'eau qui lui était nécessaire?..... Trouverait-elle du sucre à la maison?.....

Soudain, elle aperçut, dans la pénombre, deux yeux qui la fixaient :

— Tu ne dors pas, Fanny?..... Viens m'aider, alors.....

Sa voix, exempte de sévérité ou de sécheresse, se faisait néanmoins très ferme, si ferme que l'enfant se leva sans répliquer. Surprise elle-même de cette obéissance, Claire caressa, de la main, les cheveux en broussailles et demanda :

— Où met-on le bois..... les copeaux..... Sais-tu?.....

Fanny, sans répondre, tira de dessous l'armoire une poignée de menues branches et l'introduisit dans le fourneau en se noircissant les deux mains, qu'elle essuya aussitôt à sa chemise de nuit ; mais ce n'était pas l'heure d'entreprendre un cours de morale :

— L'eau, maintenant?..... Y a-t-il de l'eau, sœurette?.....

Elle dénicha, dans un angle de la chambre, la cruche qui la contenait. Le sucrier, caché subrepticement dans la boîte à violon — rapport à Gaby, trop enclin à le découvrir, — fut produit également avec un air de triomphe qui en disait long sur les aptitudes de la fillette à percer les mystères les plus secrets ; puis, quand le feu flamba, que l'eau chanta dans la bouilloire, elle s'accroupit sur son lit, regardant de tous ses yeux ce que Claire n'essayait pas, d'ailleurs, de lui céler. Et ce lui parut bien curieux, à cette petite sauvage, de voir verser sur les morceaux de sucre disposés dans une tasse quelques gouttes d'un liquide blanc, contenu dans un petit flacon, propriété de Claire, et auquel vint se mêler l'eau en ébullition :

A pas furtifs, elle suivit la grande sœur, qui disait :

— Buvez, père!..... C'est une infusion de menthe..... un digestif, anti-nerveux.....

Il but lentement :

— J'ai moins mal!..... Il faudra parler de ceci à Camille..... Pauvre femme!..... Elle ne sait que pleurer, en me voyant souffrir.....

Ce ton de souveraine indulgence toucha profondément Claire ; l'aigreur qui s'agitait tout au fond de son âme se dissipa, et, avec gratitude, elle se dit :

— Ne serais-je point comme elle si mes chères maîtresses et ma bonne tante Rose ne m'eussent appris à lutter au lieu de gémir?.....

Elle acheva la nuit, assise sur un fauteuil, auprès du malade assoupi.

— Est-ce possible?..... Il dort!.....

— Oui, ma mère..... Il dort profondément.....

— Les enfants vont le réveiller..... Gaby, du moins.

— Ne va-t-il pas à l'école?.....

— Si..... quelquefois..... quand j'ai le temps.....

— Veuillez l'y conduire ce matin.....

— C'est que..... c'est que..... Figurez-vous, Claire, qu'il a déchiré son pantalon n° 2..... Le n° 1 est au cuveau..... alors.....

— Si j'essayais de le raccommoder?.....

— Il faut mettre une pièce..... ou plutôt, deux pièces..... les deux genoux sont emportés.....

— Je mettrai deux pièces, dit-elle presque gaiement.

Elle passa dans la chambre où Gaby faisait des sauts de carpe sur sa couchette.....

— Gaby, papa dort..... Tu ne feras pas de bruit.....

Il s'arrêta une seconde, et reprit ses exercices de voltige.

— Attends un peu, méchant, tu vas voir!.....

— Quoi que tu me montreras, maman?.....

— Ceci! dit Claire en lui donnant le petit livre d'images qu'elle avait oublié de lui offrir la veille. Ceci..... c'est pour toi!.....

Stupéfait de recevoir autre chose que des taloches, il hésitait à tendre la main ; mais elle l'ouvrit à la première page, la mieux enluminée ; et les yeux écarquillés par l'admiration, la surprise, il considéra *commère la chèvre*, habillée en villageoise, entourée de ses biquets, que guette, derrière la porte, messire le loup.....

— Sais-tu lire, Gaby?.....

— Oh! il est trop paresseux, dit sa mère. Il n'apprendra jamais rien.

— Alors, il ne saura pas les aventures de la chèvre.

— Maman me les racontera.....

— Voyez-vous, le malin! murmura, non sans orgueil, Mme Charton.

— Non! dit Claire, maman a autre chose à faire aujourd'hui.

— Eh bien! je ferai du tapage.....

— Vous entendez, Claire, il faut céder toujours.....

— Je vous en supplie, dit-elle tout bas, ne cédez pas.....

Mais elle-même se sentait fort en peine de tenir tête à Gaby.

Elle s'assit à côté de l'enfant et ouvrit son nécessaire à ouvrage dont, très heureusement, elle s'était munie au départ.

— Qu'est-ce que tu vas faire?

— Réparer ton pantalon. Aimes-tu avoir des loques, tout comme un mendiant?

— Oh!..... ça m'est égal.....

Il avait rougi, et sa rougeur démentait la déclaration. C'était, d'ailleurs, la première fois qu'il voyait coudre si habilement, avec une dextérité telle qu'il en demeurait bouche bée!

— Alors..... mon pantalon sera neuf?.....

— Ou à peu près. Tu auras soin de ne plus te déchirer?.....

La promesse lui sembla si grave qu'il n'osa la faire :

— Ça se déchire toujours quand on se traîne.....

— Aussi ne faut-il pas se traîner.....

— Alors on ne s'amuse pas!.....

— Si! Je te montrerai à t'amuser sans salir tes vêtements.....

— Quand donc que tu me montreras, sœur Claire?

— Dimanche!.....

Et, en même temps, elle pensa que ce dimanche serait la veille de son départ. Il lui parut moins éloigné, peut-être moins désirable, vu la quantité de choses qu'elle pouvait faire d'ici là, des choses de toutes sortes dont la pensée affluait maintenant dans son esprit.

La première, grâce à son habileté, touchait à sa fin.

— Lève-toi, Gaby!..... Voici ton pantalon.....

Il s'empressa, pour juger de l'effet des deux morceaux neufs. Le drap à carreaux dissimulait les coutures :

— Ça ne se voit pas!.....

Et il paraissait très content que « cela » ne se vît pas, mais pas du tout. Alors, il se laissa débarbouiller de bonne grâce, d'autant que Claire avait une savonnette qui sentait d'un bon!.....

— Maintenant, puisque tu es propre, tu vas aller à l'école.....

Il la regarda, furieux :

— Non!..... Non!..... Non!.....

— Vous voyez, Claire, dit Mme Charton, Gaby ne veut pas! Je ne pourrai jamais l'emmener.

— C'est moi qui l'emmènerai, ma mère..... Vous êtes lasse. Dans quelques minutes, je serai prête à sortir.....

— Viens, Gaby..... ordonna-t-elle après quelques instants.

Il la regarda avec l'air de se demander si, vraiment, il allait sortir avec cette grande sœur si jolie, si bien habillée ; et, réflexion faite, il lui tendit la main.

— Je veux..... partons.

Ils descendirent ensemble ; plusieurs portes s'ouvrirent sur les différents paliers :

— C'est ma sœur! ma grande sœur! répétait Gabriel, fièrement.

Claire saluait, puis les commentaires allaient leur train :

— Est-ce possible? Une demoiselle bien comme il faut!..... et polie!..... et pas fière!..... Mais qu'est-ce qu'elle vient faire là-dedans?

Gaby, par une ruse de Peau-Rouge, et content de se pavaner aux côtés de Claire, lui fit prendre le chemin des écoliers ; mais comme elle marchait d'un pas alerte et que lui, par exception, ne se faisait pas « traîner », ils atteignirent l'école au coup de 8 heures.

— Tu seras sage, mon chéri?.....

Son chéri?..... Il redressa bien haut la tête, et, les yeux brillants :

— Oui..... tu verras.....

— Alors, embrasse-moi.....

Il se laissa faire : au tournant de la rue, s'étant retournée encore, elle l'aperçut, au seuil de la porte, qui la regardait. Elle lui fit signe d'entrer bien vite, et ne s'éloigna que dès qu'il eut obéi à son injonction.

— Si tante Rose me voyait! pensa-t-elle ; c'est bien étrange de me trouver toute seule dans la rue.....

Cette réflexion fut suivie d'une autre :

— Si je me marie, j'en aurai le droit bientôt.....

Et, pour la première fois depuis son arrivée, ce projet de mariage lui revint à l'esprit :

— Dimanche, j'en parlerai à père..... C'est son jour de repos..... Il aura le loisir de m'écouter.....

Elle se hâta, se fit indiquer sa route, et, après quelques emplettes, se trouva au seuil de la maison. Son père s'éveillait. Il parut surpris de la voir en costume de ville.

— D'où viens-tu?.....

Mme Charton prit la parole et conta, tout au long, les incidents du matin : le pantalon raccommodé, la résistance et la soumission subite de Gaby :

— Comme c'est capricieux, les enfants!.....

Mais Claire réfléchissait à ces prétendus caprices sans les trouver irraisonnés. La petite scène très puérile du départ n'était-elle pas l'indice d'un amour-propre qui pouvait aider à l'éducation de l'enfant?.....

— Et Fanny?..... demanda-t-elle, ne va-t-elle pas en classe?

— Fanny?..... Je compte l'instruire moi-même..... J'ai mon brevet!.....

— Ma pauvre Camille, tu ne trouves jamais le temps de t'occuper de la petite..... Il faudrait y renoncer.....

— Oh!..... si, une fois, Gaby voulait être sage.....

— Sage?..... Gaby?..... cria l'aïeule des profondeurs de son retiro. Non!..... c'est un méchant enfant qui me casse la tête... qui se moque de moi, pauvre vieille femme affligée, tombée dans le précipice de la désolation.....

— Quoi, papa? malgré vos souffrances de la nuit, vous allez

sortir? demanda Claire avec effroi, tandis que M. Charton endossait son pardessus.

— Et les leçons?.... dit-il avec un pâle sourire.

— Et votre santé?.... répliqua-t-elle, en émoi.

— Ma santé?.... Il faut bien qu'elle entende raison, ma santé..... Oui, il le faut bien.....

— Qu'est-ce que nous ferions, nous!..... gémit la grand'mère. Quand j'ai marié Camille, j'avais l'illusion qu'elle ne manquerait de rien.....

— Maman!.....

— Non..... non..... Laisse-moi dire..... Eh bien! Frédéric est-il parti?..... Cette petite fille ne va pas faire la loi, je gage?..... Je ne le souffrirais pas..... une d'Aigremont!.....

Claire se sentit reprise de sa répulsion de la veille ; elle s'en était accusée devant Dieu, dans ses prières du soir. D'un grand effort sur elle-même, elle alla vers le retiro :

— Grand'mère, dit-elle doucement, je ne songe à faire la loi à personne..... Mais quand on est souffrant, il faut bien se soigner.

— Et moi aussi, je suis souffrante!..... Mais on ne pense pas à moi!.....

— Où souffrez-vous?.....

— Mes malheureuses jambes!..... Toujours dans l'inaction...!..

— Vous ne pouvez pas marcher?.....

— Non, pas seule.....

— Et avec mon bras?.....

Ceci fut dit spontanément, avec une bonne grâce qui ajoutait au mérite de la proposition.

— Ne plaisantez pas, ma petite!..... gronda l'aïeule.

— Grand'mère, je ne plaisante pas, je suis forte..... Essayez quelques pas.....

— Mais..... il n'y a pas de place.....

— Notre logement est si petit! soupira Mme Charton.

— Nous en ferons, de la place!..... Voyons, Fanny, viens m'aider!.....

— Fanny n'est bonne à rien, Claire.....

— Elle m'a été d'un grand secours, cette nuit, pour allumer le feu.

— Vraiment?.....

— Vraiment!..... Elle m'a montré où était le bois.....,

— Et le sucre!..... cria triomphalement Fanny.

— Le sucre?..... Ah! la mauvaise.....

— Je suis sûre qu'elle saurait maintenant faire une infusion de menthe, affirma Claire pour détourner la conversation. Mais, à présent, nous allons arranger la salle..... Vous permettez!.....

— Oh! certes!....., Mais, ma pauvre enfant, votre séjour n'est guère agréable chez nous.....

La jeune fille feignit de ne pas entendre. Depuis le matin, elle jetait vers le ciel de fréquents *sursum corda* ; elle ajoutait : « Mon Dieu, je désire employer utilement, s'il se peut, les quelques jours que je passerai ici..... » Très humainement, elle pensait aussi : « Je trouverai le temps moins long. »

Tout à l'heure, en menant Gaby à l'école, elle avait jeté sa lettre à la poste. Tante Rose la recevrait le lendemain au matin. Claire la voyait, en esprit, brandir la missive et la montrer à ses filles :

— Mes petites, elle revient lundi!..... Même avant la fête de Sion.....

Cette vision douce lui amena aux lèvres un sourire :

— Allons, Fanny!..... Nous allons travailler toutes deux!..... Par où commencer? se demanda-t-elle perplexe,..... Où est l'armoire aux jouets, Fanny?

— Il n'y en a pas.....

— Alors, porte le cheval, la poupée, le ménage dans ce coin..... là..... bien alignés contre le mur..... Maintenant, ces assiettes, ces verres, cette casserole sur l'évier..... Bon!..... A présent, rangeons la table, les chaises, le chevalet ; ouvre la fenêtre.....

— La fenêtre?..... Pourquoi?.....

— Pour renouveler l'air.....

Fanny écarquilla les yeux, surprise de cette réponse qu'elle ne comprenait pas.

— La fenêtre est clouée, dit Mme Charton, timidement : les enfants pourraient se pencher..... et nous sommes au troisième étage.....

— D'ailleurs, ça laisserait entrer le froid, conclut l'aïeule d'un ton agressif.

Mais la chambre s'agrandissait comme par enchantement, car Fanny elle-même s'écria :

— Grand'mère, il y a beaucoup de place : vous pouvez marcher!.....

— Marcher?.....

Evidemment, elle hésitait encore et cherchait un nouveau prétexte ; mais Claire, souriante, l'avait prise par un bras :

— Allons..... courage!..... Nous irons lentement, pour commencer..... Appuyez-vous bien..... sans rien craindre..... Fanny, prête aussi l'appui de ton épaule à grand'mère..... Tu es forte, toi aussi?.....

— Très..... très forte, affirma la fillette, entraînée par l'exemple de la grande sœur.

Et quand elle vit l'aïeule debout, elle eut un rire de satisfaction. Stupéfaite, Mme Charton laissait faire et les larmes lui venaient aux yeux :

— Maman..... Maman..... balbutiait-elle avec émotion..... Oh! vraiment, Claire, c'est une bonne idée!.....

Et, reprise de scrupules :

— Quelle peine vous prenez..... et que c'est peu agréable, votre séjour chez nous!.....

— Laisse donc, Camille!..... Elle fait ça pour s'amuser, cette petite!..... Et, dès qu'elle sera chez sa tante, elle se moquera joliment de nous.....

— Maman!.....

— Oui..... oui..... et nous ne la reverrons plus..... jamais!..... Et la chambre redeviendra tout encombrée!..... Et je pourrai gémir sur mon fauteuil sans que personne y prenne garde.....

Il y avait dans les paroles de la grand'mère plus de détresse que d'ironie, et Claire en fut touchée :

— Grand'mère, si vous le voulez bien, ne pensons qu'à l'heure présente ; mais, quand je ne serai plus là, Fanny y sera encore..... N'est-ce pas, Fanny, tu promèneras grand'mère, tous les jours?.....

— Oh!..... Fanny n'écoute rien.....

— J'ai écouté Claire!..... dit vivement l'enfant.

— Eh bien! tu écouteras aussi maman, n'est-il pas vrai?

Fanny n'était plus, sans doute, en humeur de répondre ; elle se fit sourde et muette jusqu'au moment où sa mère s'écria :

— Comme le temps passe!..... Il faut aller chercher Gaby, déjà..... Claire, si j'osais?.....

— Mais oui, volontiers.....

— Emmène-moi, sœur Claire ; emmène-moi.,...

— Alors, vite, ton chapeau.

Fanny disparut une seconde et revint affublée comme l'un de ces petits singes qui font des tours pour amuser les passants. Claire l'attira doucement auprès d'elle :

— Renoue tes souliers, d'abord..... puis agrafe ta jupe..... Mets ton chapeau d'aplomb..... et mouche-toi.....

Mais, en dépit de cela, Fanny restait peu présentable ; la jupe était souillée, les chaussures éculées et le chapeau tordu en tous sens.....

— Pour qu'elle soit propre, Fanny, il lui faudrait du neuf tous les jours, gémit Mme Charton.....

Soit que cette réflexion lui parût une gronderie, soit qu'elle eût conscience du piteux état de ses vêtements, Fanny resta maussade toute le long du chemin ; même elle s'obstina à marcher un peu en arrière, les deux mains dans ses poches ; et dès que son frère, qui sortait de l'école, l'aperçut ainsi, il lui adressa un pied de nez.....

— Gaby !..... commença Claire d'un ton de reproche.

Mais déjà Fanny, se chargeant du soin de sa propre défense, s'était élancée, appliquait sur la joue droite de l'adversaire un soufflet retentissant.

Ce fut le signal d'une lutte corps à corps où chacun des combattants s'évertua à faire usage des armes que la nature lui avait dévolues : poings solides à Gaby, ongles acérés à sa sœur. Et les passants s'arrêtaient, échangeaient des propos qui amenaient au visage de Claire une rougeur de confusion ; car remontrances, prières, menaces même restaient sans effet sur les deux enfants.....

— Ah !..... si tante Rose me voyait !.....

Les larmes lui en vinrent aux yeux. Où se mettre, où se cacher ? Elle s'éloignait, incapable de souffrir plus longtemps ce spectacle à la fois grotesque et humiliant, lorsqu'ils coururent la rejoindre, sans cesser, tout d'abord, de se quereller. Enfin, de guerre lasse, ils voulurent, l'un et l'autre, se suspendre à son bras, comme pour revendiquer un privilège dont ils n'entendaient pas se dessaisir.

Claire se dégagea ; et ce geste, si simple, de vouloir se dérober, leur en imposa soudain.....

— C'est Fanny !..... balbutia l'écolier.

— Non, c'est Gaby!..... murmura sa sœur.

Mais, ne recevant pas de réponse, ils restèrent penauds, se demandant, peut-être, ce qu'il adviendrait à la maison.

Claire ne songeait pourtant pas à formuler un rapport quelconque. Elle pensait : deux jours encore..... Plus que deux jours!.....

Son père rentra presque en même temps qu'elle. Dès le seuil de la porte, il s'étonna :

— C'est chez nous, ici?...., Toutes choses à leur place : c'est merveilleux!.....

— Une idée de Claire, cela! murmura Mme Charton. Mais c'était pour que maman se promenât..... Et elle s'est promenée, sais-tu, Frédéric!.....

— C'est bon pour une fois, cela! murmura l'aïeule de son ton agressif.

— Pourquoi donc!.....

— Un amusement comme un autre, de mettre la grand'mère sur ses pieds!.....

Mais le professeur regardait sa fille :

— Ma Clairette!..... Il n'y a que les bons cœurs pour « s'amuser » ainsi.....

Et, pour céler son émotion, il appela les enfants :

— Avez-vous été sages? Fanny, Gaby, répondez.....

Ils regardèrent, à la dérobée, la grande sœur, attendant qu'elle parlât ; elle se tut ; et, se méprenant à ce silence :

— Alors, venez m'embrasser! ajouta M. Charton.

Qu'allaient-ils faire? Peut-être accepter la récompense qu'ils ne méritaient pas ; mais, après un pas en avant, ils en firent un autre en arrière et coururent se retrancher derrière la table, prêts à toute éventualité.....

— Ils ne sont pas menteurs, Dieu soit loué!..... pensa Claire.

Et, allant les prendre par la main pour les faire sortir de leur forteresse :

— Père, dit-elle, voulez-vous bien pardonner, puisqu'ils comprennent leurs torts.....

Ce langage, si nouveau pour eux, eut un résultat inattendu :

— C'est moi qui ai commencé, déclara Gaby.

— Non, c'est moi!..... soutint Fanny énergiquement.

Et ils n'en voulurent pas démordre, puisque la franchise était à l'ordre du jour.

IV

— Ah! vois-tu, ma Claire, le fond n'est pas mauvais, et l'on pourrait faire quelque chose de ces enfants-là..... s'ils étaient bien élevés, ajouta, comme correctif, M. Charton.

Le regard de la jeune fille s'était fait interrogateur.....

— Oh!..... moi..... j'ai trop de charges..... je succombe! Croquemitaine de temps en temps, et voilà tout.....

Il eut un sourire triste, un geste lassé, et demanda :

— On ne déjeune pas?.....

— Est-il midi?.....

— Midi cinq, Camille.....

— Tu attendras bien un peu, Frédéric?.....

— J'attendrai jusqu'à la demie..... et je partirai.

— Ah!..... mon Dieu.....

— Que veux-tu, ma pauvre fille?..... Tu n'as pas de domestique!..... Il était cependant convenu, en te mariant, que tu aurais une cuisinière..... Quel malheur de se voir réduite à cette extrémité..... Quel malheur!..... Moi, une d'Aigremont!... gémit l'aïeule de sa voix de douleur.

— Maman!.....

— Oh! ce n'est pas la présence de la belle demoiselle qui m'empêchera de parler..... de crier nos misères..... Au moins, elle s'en souviendra, dans sa belle maison où il n'entre que du bonheur, de la joie.....

— C'est bien..... Je m'en vais, grand'mère..... Ne grondez pas! dit le professeur en reprenant sa boîte à violon.....

— Vous ne pouvez partir ainsi, père..... sans avoir mangé.....

— J'achète un petit pain au boulanger du coin..... et je fume une cigarette..... Tout ça me connaît, Clairette.....

— Attendez cinq minutes..... seulement cinq minutes..... C'est peu..... Fanny, dresse le couvert..... vite..... sors de ton coin..... Ma mère, je vais vous aider.....

Et avant que les cinq minutes de grâce fussent passées, une omelette croustillante était placée sur la table, devant M. Charton.

— Elle est superbe!..... Quand une fille sait faire une omelette, dit-il, elle est bonne à marier..... Tante Rose doit être de mon avis, je gagerais?.....

Claire, un peu rougissante, s'occupait à le servir.

— Et toi?..... Et vous tous?.....

— D'abord, vous, père, puisque vous êtes forcé de partir.....
Une autre fois, nous nous y prendrons plus tôt.....

— Ah! voyez-vous, Claire, soupira Mme Charton dès que son mari fut parti, j'ai beau m'y prendre très tôt..... Je ne sais comment ça se fait, car je n'arrive pas.....

Claire se serait étonnée, la veille, de ce qu'on « n'arrivât » jamais, même en se hâtant toujours ; mais elle avait entrevu des horizons qu'elle ne soupçonnait pas. Autant tout était réglé, ordonné sagement chez tante Rose, autant le pauvre ménage de sa belle-mère s'en allait, faute d'entente, dans le désarroi le plus complet. Mais ce n'était pas seulement « faute d'entente », hélas! que le déjeuner ou le dîner n'aboutissaient le plus souvent qu'à un lamentable *fiasco*, à moins que l'inévitable cervelas s'en vînt dispenser la ménagère d'un travail trop ardu à son gré.

Le matin même, en rangeant la chambre, Claire avait trouvé un peu partout des journaux et des livres :

— Ma seule distraction..... avait murmuré la pauvre femme. Quand la vie n'est pas gaie, on tâche de s'imaginer qu'on la passe plus agréablement ailleurs.....

Mais dans la lecture de rêveries plus ou moins vraisemblables, les heures s'envolaient sans laisser place aux sérieux devoirs.....

Et Claire se sentait trop jeune pour donner un conseil, pour glisser quelque parole douce et sage. Elle pensait seulement :

— Pauvre père!..... Il est la première victime de ces agréables passe-temps.....

Un regret lui vint, très amer : celui de ne pouvoir veiller à son bien-être que pendant deux jours. Mais comme elle y veilla! cette bonne petite Claire, tout en conservant le désir du départ. Une lettre de ses cousines lui était parvenue, toute remplie de tendresses et de jolis récits d'incidents divers : « Comme tu nous manques, chérie!..... Nous parlons de toi, sans cesse, et nous comptons les minutes qui doivent s'écouler jusqu'à ton retour..... Deux mille huit cent quatre-vingts, c'est beaucoup..... Pour tromper l'attente, nous fleurissons ta chambre... nous peignons..... Ah! mon Dieu, nous qui voulions garder ce secret! Mais nous n'en dirons pas davantage, tu verras, par tes yeux, ce que tu dois voir..... Cependant, nous voulons te narrer les détails d'une visite faite à ton intention, le visiteur ne te sachant pas absente, bien loin de là!......

» Donc, on sonne. Nous étions réunies au salon. La porte s'ouvre..... Un militaire?..... Oui!....., et de très bonne mine....., d'excellentes façons..... Mère lui tend la main :

» — Cher Monsieur, je suis heureuse de vous voir!.....

» Il s'incline, mais nous trouvons, malgré sa courtoisie, qu'il semble moins heureux que maman..... et fort désappointé.....,

» — Mademoiselle Charton..... commence-t-il.

» — Oui..... oui..... Un petit voyage vers ses parents..... Elle revient lundi..... lundi prochain, mon cher Monsieur..... Serez-vous libre, ce jour-là?...... Il répond, navré, qu'il ne sera pas libre..... qu'il y a manœuvres...... que le capitaine est féroce au point de vue des permissions..... et même qu'il a dû faire agir de hautes influences pour obtenir douze heures, dont il a profité dans l'espoir..... l'intention..... le..... la..... il s'embrouille ; il nous voit sourire et perd contenance tout à fait, ce qui, d'ailleurs, le rend très intéressant, ce pauvre *vingt-huit jours!*..... A propos, qu'a dit ton père de ce projet duquel tu as voulu aller l'entretenir?..... Tes quelques lignes, si brèves, nous ont fort étonnées..... Même, nous voulions te tenir rigueur..... Nous nous l'étions juré..... Mais, bah! la plume a couru toute seule. Attends-toi, cependant, à une montagne de reproches aussi bien qu'à une avalanche de baisers. »

Claire serra sur son cœur la chère missive où les trois sœurs avaient tracé leurs noms.....

— Comme on est heureux, là-bas!..... Quel contraste, ici!.....

La lettre de ses cousines enleva l'esprit de Claire sur les ailes du rêve ; non seulement elle s'imagina voir sa chambrette toute fleurie de roses, agrémentée de peintures dues aux pinceaux de ses cousines, mais elle songea aussi à la visite mentionnée un peu malicieusement peut-être, et dont les détails amenaient à ses joues une furtive rougeur. Ainsi donc, *il* était venu pendant son absence..... venu pour *la* voir....., et *il* devait revenir. Oublier, ajourner n'était plus possible devant cette sorte de mise en demeure d'avoir à se prononcer au plus tôt ; et le demi-effroi que lui causait, peu de temps auparavant, la pensée du mariage, décroissait sans qu'elle sût pourquoi.

Dans le cadre si doucement uni où se trouvaient ses vingt ans, elle eût voulu rester encore ; mais quelques jours d'épreuves la transformaient donc au point de la faire entrer dans le cercle de la vie sérieuse où elle graviterait désormais, toujours?..... Elle songeait : on ne peut passer sa vie à rire, à chanter, à se sentir hors de toutes responsabilités et de tous devoirs. Une heure vient où l'on s'engage sur la route semée d'obstacles, car ce n'est pas les mains vides qu'on doit arriver là-haut..... Je comprends, maintenant, mes bonnes maîtresses et ma chère tante elle-même, si indulgentes à nos petits bonheurs :

— N'ont-elles pas le temps d'entrer en lice, ces chères fillettes? disaient-elles ; attendons le signal des hérauts.....

Et le « signal » retentissait soudain aux oreilles de Claire, fanfare un peu vague encore, mais pressante comme un appel. Le mariage, c'est la famille, les enfants qui en sont la couronne et dont on répond devant Dieu. Avoir charge d'âmes, quelle mission! Non une mission d'amour-propre, où la futilité prime partout, mais une œuvre patiente, toute d'abnégation, de consolante tendresse, de soins assidus, de veilles pénibles, de soucis certains, souvent d'angoisses prolongées.....

Claire se disait ces choses dans la solitude de l'étroite pièce qui lui était dévolue sous le toit paternel. Sans les tristesses de ce voyage, se les serait-elle dites aussi clairement et de même façon?..... Peut-être qu'au sein du joyeux groupe de ses jeunes cousines, pour elle des sœurs aimées, elle n'eût vu, en dépit de son éducation sérieuse, qu'un mirage trompeur? Le souffle de la réalité mettait au point bien des esquisses. Sa propre mère, enlevée si jeune, avait dû, jadis, penser à son avenir que le ciel ne lui avait pas permis de réaliser, hélas!..... .

Le cher souvenir la domina toute, et si complètement qu'elle ne dormit pas de cette nuit-là, mais fut debout dès la pointe du jour.

Une tête ébouriffée passa bientôt par l'entre-bâillement de sa porte :

— Est-ce qu'il faut déjà allumer le feu?....

Claire eut un sourire :

— Pas encore, Fanny!..... Et, dis-moi, mignonne, à quelle heure est la première messe?..... Tu dois le savoir?....

— Je ne sais pas.

— Alors, je vais sortir, à tout hasard..... Mais nous irons ensemble à la messe paroissiale : c'est entendu.....

Fanny ouvrait de si grands yeux, où la surprise mettait une interrogation si pressante, que Claire ajouta :

— C'est dimanche..... Tu oublies?.....

— Non!..... On ne va pas en classe, le dimanche.....

— Mais on va à l'église.....

— Pas chez nous!.....

— Pas grand'mère..... qui ne le peut pas.....

— Ni maman, ni papa, ni personne...... On n'a pas le temps! voilà!.....

— Mais, moi, aujourd'hui, j'aurai « le temps » de t'y mener.....

— Ah!.....

— Et d'y mener Gaby avec nous.....

— Et maman?..... Et papa?.....

Claire étouffa un soupir.

— Papa..... maman..... ont des raisons qu'une petite fille ne peut connaître.

— Oh!..... moi..... Je sais..... J'ai entendu grand'mère : elle parlait très fort...... Et grand'mère a dit : Dieu n'a jamais rien fait pour nous. Que les gens qu'il favorise aillent le remercier.....

— Tu n'as pas compris.....

— Elle l'a répété, pas plus tard qu'il y a huit jours.

— Grand'mère est souffrante ; quand on souffre, souvent, on dit des choses qu'on ne pense pas. Plus tard, tu sauras que le bon Dieu veut être prié par ses créatures, et qu'il *fait* pour elles toutes les choses dont elles ont besoin......

— Et, par exemple, demanda Fanny d'un air capable, si je lui demandais de rendre Gaby très sage, est-ce qu'il le ferait?

— Oui, à condition que tu commences par devenir sage toi-même ; essaye, et tu verras.....

Le conseil, pour être bon, ne parut pas être du goût de la fillette ; elle referma la porte, laissant Claire le cœur très gros.

Cette misère morale l'effrayait plus encore que la gêne très apparente de ses pauvres parents ; elle l'effrayait surtout pour ces jeunes âmes qui s'ouvraient à la vie sans presque rien savoir du Créateur. Et quand elle revint de la première messe, elle vit dès l'abord que Fanny avait parlé.

— Vous savez, Claire, dit Mme Charton avec embarras, il ne faut pas croire tout ce que la petite raconte..... Elle a beaucoup d'imagination.....

— Oui, elle est très intelligente. Si vous permettez, ma mère, je l'emmènerai à la grand'messe ainsi que Gaby.....

— Oh!..... tout ce que vous voudrez..... Car vous comprenez que je n'ai pas le temps, moi, avec mon ménage.....

— Oui..... oui..... Que le bon Dieu te procure d'abord une bonne! cria l'aïeule d'un ton perçant.

— Eh bien, la bonne est toute trouvée, aujourd'hui!..... conclut Claire très gaiement. Accompagnez les enfants, ma mère, je me charge du déjeuner.....

— Oh!..... mais..... par exemple..... Non, non, je ne voudrais pas..... Et puis, ça fâchera Frédéric..... Il dira que vous avez déjà assez peu de plaisir chez nous.....

— Au contraire!..... J'aurais si grande joie si vous acceptiez mon offre.....

— Père, dites que vous voulez bien?.....

— De quoi s'agit-il, Clairette?

— Puisque je suis ici, maman peut sortir, n'est-ce pas?.....

— Certes!..... D'ailleurs, il faut bien qu'elle sorte, pour les courses du ménage, lorsque tu n'es pas là!.....

— Ce matin, c'est pour aller à l'église avec Fanny et Gaby.....

— Bien..... bien..... Comme elle voudra.....

Le ton de profonde indifférence avec lequel furent prononcés ces mots porta un nouveau coup à Claire ; elle se rapprocha du professeur, lui passa autour du cou un bras caressant, puis à l'oreille :

— Et vous, cher papa?.....

— Moi?..... Moi?..... Il y a des habitudes qui se perdent..... D'ailleurs, j'ai des leçons.....

— Le dimanche?.....

— Que veux-tu, ma pauvre fille?..... Que veux-tu?..... Cependant, j'ai l'après-dîner libre..... Nous sortirons ensemble..... pour une fois.....

Et il sortit, pliant les épaules sous le faix du travail impitoyable qui usait son corps et détournait son âme du consolant *Sursum corda*.

— Il faut manger tous les jours, ma petite, si vous ne le savez pas!.....

— Grand'mère, le travail du dimanche ne profite pas..... Le surmenage sera fatal à mon père..... et quand ses crises d'estomac seront trop fortes, il sera bien obligé de se reposer.....

— Ta..... ta..... ta..... Vous avez été élevée au couvent, petite, et vous ne savez rien des exigences de la vie..... Vous changeriez de langage si vous restiez seulement quinze jours ici..... Quinze jours..... au lieu de vous sauver demain, en secouant la poussière de vos pieds..... Car vous ne pouvez pas attendre de partir..... n'est-ce pas?..... Eh! avouez donc..... Une vieille femme grondeuse, une pauvre mère de famille, des enfants impossibles, un professeur de violon et clarinette qui avait rêvé, et fait rêver surtout..... un avenir meilleur : Quel tableau!..... Vite, qu'on l'efface, qu'on l'oublie..... qu'on n'en parle jamais, jamais.....

Sous le ton ironique perçait une détresse ; et, en dépit de l'exagération de ces paroles, quelques notes frappaient si juste que Claire en frémit de la tête aux pieds. Avait-elle donc laissé voir du dégoût, de la tristesse, ou cette hâte de fuir, ressentie dès la première heure de son arrivée?.....

Spontanément, mue par un sentiment qui tenait plus encore de la délicatesse que de la pitié, elle alla s'asseoir sur un petit tabouret placé aux pieds de l'aïeule ; là, songeant à tout ce qu'elle dit à Dieu, le matin même, dans la sublime intimité de la communion :

— Croyez-vous donc, grand'mère, que je ne vous aime pas tous?..... Croyez-vous que tout ce qui vous touche, soucis et peines, ne me touche pas aussi, bien profondément?..... Car, s'il est une pensée qui ne me quittera plus là où j'irai vivre, c'est la vôtre.....

— La mienne?..... Je ne vous suis pas parente, moi, pourtant?.....

— Voici notre lien! dit Claire, en attirant vers elle Fanny et Gaby. L'aïeule de ma sœur, de mon frère, est mon aïeule à moi..... Ne le veut-elle pas?.....

— Vrai?..... Vrai?..... Vous êtes une petite charmeuse, avoua la pauvre vieille femme..... D'ailleurs, ajouta-t-elle, relevant le front, nous sommes bien du même monde..... Car j'ai ouï dire que votre mère à vous était de famille noble!..... Et moi, vous savez, je suis une d'Aigremont.....

— Aussi d'origine lorraine, je crois?

— Oui...... oui...... Il y avait déjà un Luc d'Aigremont au siège de Nancy par le Téméraire..... Un Geoffroy d'Aigremont sous le duc Charles le Grand...... Un Hughes d'Aigremont dans le conseil privé de Stanislas le Bienfaisant..... Je possède des lettres autographes..... et un scellé aux armes du bon duc François..... Je peux vous les faire voir.....

— Cela m'intéressera beaucoup, grand'mère.....

— Vous auriez bien dû parler plus tôt, ma petite!.... Nous aurions passé quelques bons moments..... Camille ne s'occupe pas de ces choses...., ni mon gendre..... et c'est dur de garder pour soi seule des souvenirs glorieux..... remplis d'intérêt.....

Elle s'était animée, redressant sa haute taille et fixant sur Claire un regard presque sympathique, mais qui redevenait dur et méfiant en se portant sur Fanny et Gaby.....

Ceux-ci, tenus en respect par l'attitude de la grande sœur, ne riaient point, et, sans mot dire, écoutaient.....

— Eh bien! ces enfants ne s'apprêtent pas à aller à la messe?..... demanda l'aïeule, mue par la perspective d'avoir Claire toute à elle pendant l'office divin.....

La voix lamentable de Mme Charton répondit, de la chambre voisine :

— Impossible de sortir, ma mère!..... Le chat a déchiré..... et souillé mon chapeau.

Elle parut, tenant en main une chose informe, où des tronçons de plumes se dressaient entre des débris de fleurs.....

— C'est toujours comme ça..... toujours!..... Dites que j'ai de la chance..... dites-le!.....

— Le chat a donc pénétré dans l'armoire, ma mère?.....

— Dans l'armoire?..... Il n'était pas dans l'armoire, mon chapeau..... On a si peu de place!..... Il était..... il était..... Au fait, où était-il?..... Encore un trait de Gaby!..... Réponds donc, vilain méchant.....

— Puisque tu dis « vilain méchant », je ne répondrai pas.....

Mme Charton leva la main pour châtier son fils ; leste comme un écureuil, il esquiva la correction en poussant Fanny entre lui et sa mère ; Fanny reçut le soufflet qui ne lui était pas destiné. Des cris perçants, des rires ironiques, des paroles vaines, des miaulements aigus éclatèrent à la fois.

Claire, dans ce brouhaha, restait silencieuse ; peut-être commençait-elle à s'aguerrir, peut-être attendait-elle la fin de l'orage avant d'agir ; mais la manœuvre était difficile entre un coupable triomphant, une innocente injustement punie et une femme larmoyante dont le seul refrain : « Mon Dieu!.... Mon Dieu!..... » ne tranchait pas la situation.....

Claire la sauva, en disant, lorsqu'elle put se faire entendre :

— Alors, j'emmène Fanny à la messe, puisque l'accident du chapeau vous empêche de sortir.....

Fanny, rassérénée, sauta au cou de Claire.

— Tu m'emmènes aussi, moi?..... cria Gaby.

— Quand tu auras demandé pardon à maman et embrassé ta sœur.....

Il tourna le dos. Embrasser sa sœur lui semblait une punition très rude ; Fanny et lui se battaient, mais ne s'embrassaient pas.

Voyant qu'on ne s'occupait pas de lui, il se rapprocha, peu à peu.....

— Claire!.....

— Que veux-tu?.....

— Je ne peux pas embrasser Fanny!..... lui dit-il à l'oreille.

— Pourquoi?.....

— Parce qu'elle ne voudrait pas.

— Si, elle voudra.

— Non!.....

— Essaye.....

— Alors..... donne-moi la main..... conduis-moi.....

Claire, réprimant une envie de rire, prit gravement la main de son frère et s'avança vers Fanny, dont l'œil ne se faisait pas tendre, loin de là. D'ailleurs, ça ne lui allait guère de se réconcilier tout de suite ; elle triomphait intérieurement à la pensée de s'en aller seule aux côtés de sa grande sœur et de laisser Gaby se morfondre à la maison. Ceci apparaissait clairement dans son regard, dans sa façon de rester sur la défensive et de reculer à mesure que les autres approchaient.....

— Tu vois!..... Tu vois!.....

— Fanny!..... appela Claire, doucement.

Les deux noires prunelles rencontrèrent les yeux bleus, à la fois résolus et tendres, qui semblaient fouiller tous les replis du cœur ; elle cessa de fuir..... attendit même, de pied ferme, baissa les paupières quand il fut près, tout près..... reçut le baiser rapide, et vite s'essuya la joue.....

Cette dernière action, peu courtoise, ne sembla pas froisser Gaby, heureux d'en avoir fini avec la réparation. Claire remit à un autre moment la réflexion qu'elle voulait faire à sa jeune sœur ; à son tour, elle l'embrassa :

— Maintenant que vous êtes bons amis, ton frère et toi, nous pouvons aller le dire au bon Dieu.....

— Et tu m'emmènes ? cria Gaby.

— Dès que tu auras le pardon de maman.....

Ceci fut vite fait. Les mères pardonnent toujours ; et c'était si nouveau, cet air repentant que Gaby arborait pour la circonstance, que Mme Charton était partagée entre le désir de rire ou de pleurer.....

Elle prit ce dernier parti, heureusement encore le plus sage.

— Camille..... ma pauvre Camille, cria l'aïeule pour la première fois clairvoyante, tu n'es pas de taille à élever des enfants !.....

V

Enfin, ils partirent, après une grande heure employée par Claire à leur composer une tenue qui ne fût point celle de tous les jours ; besogne ardue, vu le peu d'éléments dont elle disposait ; mais, grâce à son ingéniosité, Gaby et Fanny étaient présentables, au point de surprendre tous les regards aux aguets, et des réflexions s'échangeaient.

— Ils sont propres, au moins, les enfants du troisième, depuis que la demoiselle est ici !.....

— Ce n'est pas trop tôt !.....

— Et où vont-ils comme ça, un dimanche matin ?.....

— A l'église..... bien sûr !.....

— Tiens !..... Jamais ils n'y vont.....

— Et je vous dis, moi, que la demoiselle est allée, déjà, ce matin à la messe.....

— On n'y va pas deux fois.....

— Ça se peut, les dévotes.....

— Vous croyez que c'est une dévote ?..... Elle n'en a pas l'air..... Non ?..... Ne hochez pas la tête comme ça !..... Les dévotes sont des personnes désagréables..... Toujours des sermons ou des paroles piquantes contre le monde..... contre tous.....

— Il y a des contrefaçons!..... Mais quand c'est véritable.....
ça rend bon et serviable, au contraire : je peux le prouver.....
et c'est véritable pour la demoiselle à M. Charton!.....

Les portes se refermèrent et bien des têtes parurent aux
fenêtres de l'impasse du Bon-Pays.....

— Ah! qu'est-ce que je disais?..... Ils vont du côté de
l'église..... Les enfants lui donnent la main..... sages comme
des images..... Bah! ils se rattraperont plus tard.....

Ils rentrèrent par la petite porte de droite, et Gaby trempa
sa main tout entière dans le bénitier.....

— As-tu vu, sœur Claire?..... As-tu vu? dit Fanny avec
indignation.

— Taisons-nous, murmura la jeune fille ; nous sommes dans
la maison du bon Dieu.....

Par prudence, car elle redoutait quelque incartade, Claire
chercha une place dans l'ombre, à côté d'un pilier. On voyait
l'autel ; cela suffisait à la jeune fille, pieusement agenouillée
entre son frère et sa sœur, et il semblait qu'un regard de
bonté, de tendresse, passait au travers du tabernacle et se
posait sur eux trois. Jamais encore elle ne s'était senti tant de
confiance près de l'Hôte divin qui voit le fond des cœurs. Sans
prononcer un mot, elle lui dit tant de choses, des choses si pres-
santes, que Fanny, surprise de l'expression de son visage, la
regarda longtemps avec anxiété. Gaby, moins perspicace, commença à s'agiter sur sa chaise, puis il tira la manche de
Claire :

— Dis?..... Quand partons-nous?.....

Et l'office commençait à peine! Elle passa son livre d'heures
à l'enfant.

— Lis cette prière..... « prière pour les parents ». Il lut :
« Que votre bénédiction s'étende sur mon père et ma mère,
comme autrefois sur..... les saints..... Pa..... tri..... ar.....
ches. »

— Claire?..... sœur..... Qu'est-ce que c'est que les Pa.....
tri..... ar..... ches, vois donc!.....

— Paix, Gaby! Ecoute le sermon.....

Mais Claire ne savait pas encore qu'on n'impose point une
contrainte à l'enfant habitué à ne suivre que la loi de son bon
plaisir. Gaby bâilla ostensiblement, Fanny tourna la tête
comme une girouette :

— Vois donc, Claire, cette dame qui a un drôle de chapeau !.....

— Paix, Fanny !..... On ne parle pas de ces choses dans la maison de Dieu.

Le prêtre monta en chaire :

— Qu'est-ce qu'il va faire, dis, M. le curé ?.....

— Écoute..... et tais-toi, Gaby.....

— C'est trop long !..... Je veux m'en aller.....

Jamais Claire n'avait éprouvé pareille angoisse.....

— Oh ! pensait-elle, comme j'ai eu tort de choisir la grand'-messe sans savoir comme ils se comporteraient.....

Car il était bien évident que ni le frère ni la sœur ne possédaient la plus petite notion religieuse..... Hélas ! que feraient d'eux l'école sans Dieu....., la famille indifférente...... le monde railleur ? Et, subitement grandis, ils lui apparurent sous les traits d'un jeune homme insoucieux de toute morale, d'une jeune fille qui, sous de fausses apparences, la dédaigne en son cœur.....

Elle ne put retenir ses larmes. Sa prière ne fut plus qu'un cri, qu'un sanglot caché, un gémissement de détresse :

— Mon Dieu..... Mon Dieu..... ayez pitié !.....

— Tu es fâchée, Claire, tu es fâchée ? interrogeait Gaby, presque à voix haute.....

— Fâchée contre toi !.....

— Non, c'est contre toi !

Et le moment vint où ils faillirent se prendre aux cheveux, sans nul respect du saint lieu.....

Dès qu'il fut possible, elle les emmena bien vite, mais le trait restait, douloureux et vibrant, sans qu'il lui fût possible de l'arracher ; car, aux premiers mots qu'elle hasarda au retour de l'église, Mme Charton s'écria :

— Oh ! les vilains !..... Voyez, ils ne sont jamais sages..... jamais !..... Même si j'avais le temps, je me garderais bien de les conduire à la messe..... Mais je ne voulais pas vous contrarier.....

Elle ne trouva rien autre à dire ; c'était un incident, rien de plus, et qui la touchait d'autant moins que, seule, Claire avait pâti de la « turbulence » de ses enfants.

M. Charton, pas plus que sa femme, ne prit l'affaire au tragique.....

— Certainement..... Il faut être convenables..... J'espère qu'ils auront de la tenue quand ils seront grands.....

Et avisant Claire :

— La messe?..... Je ne sais plus, au juste..... On chante les psaumes de David, n'est-ce pas?.....

— C'est aux vêpres, père.....

— Ah! oui..... c'est vrai..... Et, cependant, le *Gloria*.....

— Nous vient des anges..... la nuit de Noël..... à la naissance du Sauveur.....

Il passa la main sur son front :

— Comme c'est loin..... la nuit de Noël!..... Quand j'étais petit garçon, il y avait grande fête chez nous!..... Ma mère était pieuse..... comme toi, Claire!..... Une femme pieuse est une bénédiction!.....

— Oh!..... alors, papa, il faut que Fanny le devienne..... n'est-ce pas?.....

Elle avait joint les mains, suppliante.

— Comment veux-tu?..... C'est dans la nature, ces choses-là.....

— Dites plutôt, papa, dans l'éducation. On ne peut pas, de soi-même, et sans rien savoir des vérités religieuses, devenir une femme vraiment pieuse..... comme votre mère l'était.....

— Oui, si elle eût vécu, ma mère, je serais moins ignorant, à coup sûr ; mais je suis un honnête homme..... et je crois que ça suffit..... Allons! à table!....., ajouta-t-il, heureux, peut-être, de détourner la conversation.

— Aujourd'hui, nous avons un pâté..... un beau..... de chez le pâtissier de la place Royale..... Son nom est dessus.....

— Tiens!..... Pourquoi aller si loin, Camille?..... Celui du quartier les fait très bons.....

— Pour changer, mon ami..... balbutia-t-elle, un peu embarrassée de la question.

Claire était allée offrir son bras à l'aïeule.....

— Oh!..... moi..... je ne vais pas à table..... Je mange ici..... dans mon coin.....

— Mais, maintenant que nous avons fait un passage..... Venez, grand'mère, vous présiderez.....

— Oui..... oui..... c'est mon droit, d'ailleurs..... Je suis une d'Aigremont..... Ah!..... j'aurais tant voulu, ma petite, vous

montrer les lettres autographes..... et le grand scel du bon duc
François.....

— Eh bien! ce soir, grand'mère.....

— Pourquoi pas tout de suite après le déjeuner?.....

— Après le déjeuner, j'emmène Claire, dit M. Charton. C'est
ma seule après-dîner libre..... Il faut lui faire voir la ville,
puisqu'elle va repartir..... Camille, tu viendras?.....

— Je ne peux pas.....

— Pourquoi donc?.....

— Rien à mettre..... Non..... Rien.....

Il soupira. C'était vrai, sans doute ; et, cependant, il avait
vu acheter, pas très longtemps auparavant, une robe, un man-
teau, un chapeau aussi.....

— Qu'est-ce que sont donc devenus tes vêtements?.....

— Usés..... Tout s'use..... et se fane..... et se déchire aussi.....
Et j'ai si peu de temps..... Même, sans Claire, ni Gaby, ni
Fanny, je ne pourrais sortir..... Elle a si vite fait, Claire, de
retaper un chapeau!.....

— Le talent de ma mère, alors? Ma mère faisait elle-même
les vêtements et les chapeaux de ses enfants.....

— Alors, Frédéric, les jours avaient plus de vingt-quatre
heures, dans ce temps-là!..... Moi, je n'arrive pas!.....

— Je ne dis pas ceci pour te peiner, Camille..... La présence
de Claire me donne des réminiscences du temps passé.....

— Le beau temps, mon gendre!..... le beau temps, que le
temps passé!..... Les d'Aigremont étaient des gens heureux.....
Ils avaient pignon sur rue..... Et maintenant, ils habitent un
troisième étage..... dans une triste maison!.....

— Nous en sortirons, grand'mère, nous en sortirons.....

— Vous disiez cela l'année dernière..... et l'année d'avant.....
vous le direz l'année prochaine. Mais nous serons toujours ici.

M. Charton passa sa main sur son front dénudé en un geste
de lassitude profonde qui n'échappa point à Claire. Comme
dérivatif, elle se prit à louer le pâté, délicieux, affirma-t-elle,
bien supérieur à ceux du fournisseur de tante Rose.....

Fanny et Gaby dévoraient à belles dents ; Gaby cria, la
bouche pleine :

— Oh!..... mais..... nous n'en avons pas tous les jours!.....
Quand papa apporte de l'argent, on mange de bonnes choses,
voilà!.....

Un verre d'eau lancé au visage par la main indignée de sa mère coupa court à sa franchise d'enfant terrible, et mal élevé.....

— Hi!..... hi!..... hi!.....

Et le déjeuner s'acheva ainsi dans les cris et les larmes, les trépignements et les lamentations.....

— Viens, Claire, sortons un peu..... tout seuls..... ensemble, murmura M. Charton à l'oreille de sa fille aînée ; moi, je n'en puis plus..... Et l'on dit que le dimanche est le jour du repos!

VI

Il glissa son bras sous celui de Claire et marcha d'abord en silence, d'un pas fatigué. Puis, peu à peu, à mesure qu'ils parcouraient la Ville-Neuve, le souci de remplir son rôle de cicérone le tira de sa torpeur. Ne fallait-il pas qu'elle remarquât l'harmonie de la place Royale, ses fontaines, ses grilles dorées? qu'elle se promenât sous les ombrages de la Carrière et admirât la belle perspective que forme le palais qu'ont habité jadis Canrobert et Mac-Mahon?..... Mais, sous le récit parfois enthousiaste du Lorrain qui aime sa vieille cité, ses monuments et ses grands hommes, l'abattement perçait, communiquant à la voix un ton lassé qui frappait Claire et lui donnait froid au cœur. Avait-elle espéré de cette promenade autre chose qu'un entretien banal? comptait-elle sur une intimité qui provoquerait ses propres confidences, ajournées forcément, par le brouhaha de la vie commune jusqu'à la veille de son départ? Plusieurs fois elle faillit l'interrompre, en proie à une souffrance qu'elle parvenait à peine à dissimuler. Et, cependant, quelle cruauté de parler bonheur et avenir à un être cher, qui, lui-même, n'est pas heureux!.....

Au bout de l'avenue, Claire et son père s'arrêtèrent, s'assirent sur un banc, repris de mutisme ou de gêne, songeant déjà, peut-être, au retour.....

Soudain, il tressaillit ; son œil voilé eut une lueur intense, ses lèvres aux plis amers un sourire ravi.....

— Claire!..... Entends-tu?.....

Elle le regarda ; son vaste front semblait s'élargir encore, illuminé d'un rayon intérieur.....

— Entends-tu?..... Entends-tu?.....

Des profondeurs de la Pépinière, des sons leur arrivaient, portés par la brise, rythme entraînant joué par la musique militaire avec un brio sans égal. Et, un doigt sur la bouche, l'oreille tendue, il écoutait, oubliant la réalité triste pour suivre la silhouette gracieuse du rêve qui avait pris corps.

— Clairette?..... Je suis l'auteur de ce boléro!..... Une œuvre de jeunesse,..... la meilleure, à coup sûr.....

— Vous, mon père? vous?.....

— Moi-même!..... Te plaît-il?.....

Elle eut un signe de tête, craignant de rompre le charme qui les tenait ainsi, la main dans la main, en proie à une émotion intense, si inattendue. Mais dès que la dernière note, lancée par les cuivres, fut répétée par l'écho mourant, ils eurent un même soupir de regret.

— Clairette..... ma Clairette..... tu te rappelleras cette heure!..... Puisse-t-elle t'avoir donné le sentiment de ce que je fus autrefois : un artiste aimant son art, croyant en son étoile, espérant qu'elle saurait le conduire au port!.....

Il parut fixer à l'horizon un point invisible ; et, après un temps de silence, il reprit plus bas :

— Le port s'est dérobé..... l'étoile a pâli, s'est éteinte..... et, maintenant, la barque vogue à la dérive, battue par les flots, jusqu'à ce qu'un coup de vent, plus fort que les autres, la jette sur les récifs..... pour achever de la briser.

— Père!..... ne parlez pas ainsi : vous me faites mal!.....

— Tu as raison, petite fille, et je ne sais pourquoi je te dis ces choses..... trop austères pour tes vingt ans.....

— Non!..... Non!..... Ce n'est pas ce que je veux dire. Prendre ma part de vos soucis..... de vos angoisses.... serait, au contraire, mon plus cher désir.... Mais pourquoi désespérer de la vie? La Providence de Dieu ne nous délaisse jamais!

— Parce qu'il arrive un moment où, las de la lutte, on s'abandonne, on ferme les yeux, on perd jusqu'à la faculté de vouloir..... et on n'espère plus ; car l'espoir, comme tout le reste, est néant et fumée.....

— Oh! père, l'espérance est divine..... comme la foi, comme la charité....

Il eut un sourire plus navrant que des larmes :

— As-tu entendu l'aïeule, tout à l'heure, me rappeler une

promesse faite depuis longtemps déjà, quand une longue maladie de ma pauvre Camille nous força d'aller habiter le quartier populeux de l'impasse du Bon-Pays?..... J'avais dit, affirmé
que ce serait pour quelques semaines, quelques mois au plus,
et que nous reviendrions là où je voudrais être..... où je pourrais tenter d'ouvrir des cours. Eh bien! les années ont passé.....
Frédéric Charlon, ancien prix du Conservatoire, a descendu,
peu à peu, malgré sa résistance, les degrés de l'échelle..... Hier,
cet échelon..... aujourd'hui, celui-ci..... Tous les meubles de
valeur ont été mis en gage..... Nul n'a été repris..... pas même,
ô cruauté du sort! le piano..... le pauvre piano que ta mère,
elle, avait tant de fois effleuré de ses doigts blancs!..... Le violon, seul, me reste..... Allons, vieillard, cours le cachet, es-
souffle-toi à gravir les étages ; mais ne compte plus, jamais,
jamais, remonter la pente où tu roules..... toi et les tiens.....

Claire refoula ses larmes. Il vit son angoisse et regretta
d'avoir parlé franc.

— Tu es ma bonne fille! ma fille chérie!..... En venant me
voir, tu m'as donné une preuve de tendresse qui est pour moi
un baume, un réconfort..... Et maintenant, ne prends pas au
pied de la lettre tout ce que t'a dit ton vieux père..... c'est un
impressionnable..... il force la note, trop aisément..... Ce
boléro en est la cause, ce soir!.....

Elle demanda, sans trop savoir ce qu'elle disait :

— Je voudrais connaître vos autres œuvres, père!..... Celle-ci
m'a charmée.

— Ah!..... mes autres œuvres, elles sont disséminées, perdues, chez les éditeurs..... Pour se faire un nom, il faudrait
avoir le loisir de travailler beaucoup et de longtemps attendre ;
père de famille, je ne l'avais pas!..... Tante Rose me l'a prédit!
Ne lui dis jamais, Claire, tout ce que tu as vu ici!.....

— J'ai vu mon père que j'aime..... que je vénère..... que je
voudrais, de toute mon âme, savoir plus heureux.....

— Chère fille!..... Tu es bonne..... Prie pour moi ton
Dieu..... peut-être qu'il t'écoutera..... Qu'il nous allège seulement, le prochain hiver!.....

Elle frissonna de la tête aux pieds. L'hiver?..... Il était si
doux chez tante Rose!..... Si doux au couvent, autrefois, et
sans autre épreuve que celle de rendre dociles, à l'appel de la
cloche, les frileuses pensionnaires, si profondément endormies.

— Père..... père chéri..... Vous ne me disiez rien, durant les courtes visites, au parloir?.....

— Pourquoi troubler les furtifs instants que nous passions ensemble?..... Te voir gaie et confiante m'était un bonheur..... et je bénissais tante Rose de t'avoir enlevée, de force, au triste foyer que tu n'as jamais connu.......

Soudain, il s'anima :

— Oui! oui, elle a bien fait!..... Pourquoi ne pas le lui dire..... Pourquoi se taire, par orgueil, en t'interdisant de lui montrer toutes mes blessures..... toutes celles qu'elle a prévues?..... Non, ma chérie, dès que tu seras de retour là-bas, ne cache rien..... et remercie sa tendresse de t'avoir guidée dans un chemin autre que celui où ton père trébuche à chaque pas..... Ce sera sa récompense, à cette bonne tante Rose, outre la pensée d'avoir regardé la fille de sa sœur comme sa propre fille, en suppléant la mère qui n'est plus.....

Ces paroles de pénétrante humilité semblèrent à Clairette si dures à entendre, qu'elle se leva, passa son bras sous celui de son père et l'entraîna plus loin pour détourner l'entretien ; mais c'en était fait des descriptions et des admirations, bien que la porte Notre-Dame et le Palais-Lorrain offrissent leur masse imposante à leurs regards. Ils ne s'arrêtèrent pas à les contempler, troublés encore d'avoir fouillé des cendres pour y trouver le fond de leurs cœurs.....

De retour en la chambrette où Fanny se glissa à sa suite, Claire s'assit, son buvard sur les genoux, et laissa courir sa plume sur le papier :

« Cousines chéries, me voilà parvenue au soir de la cinquième journée passée loin de vous, et j'aperçois, d'ici, vos sourires, tandis que j'entends vos joyeux appels : Demain..... demain..... demain.....

» Moi aussi, j'ai dit « demain » avec un bonheur intime, une impatience extrême, croyant que « demain » n'arriverait pas. Le voici venu. Groupées sur le seuil de la porte, vous attendez la voiture dont les grelots tintent déjà, au détour du chemin..... Et vos bras se tendent..... « Claire! Claire!... c'est bien toi!..... Et vos bras se tendent..... « Claire! Claire!..... c'est bien toi!..... »

» Mais ce n'est pas moi. La voiture est vide. Vos yeux s'emplissent de larmes, et, anxieuses, vous interrogez le vieux conducteur. Il vous remet cette lettre, vous l'ouvrez et vous vous écriez ensemble :

» — Pourquoi nous manquer de parole?..... Qu'est-il donc advenu?..... C'est mal..... bien mal..... de nous leurrer ainsi d'un espoir qui ne se réalise pas!..... Ne sait-elle pas, Claire, que les fleurs se fanent..... et nous avons mis des roses partout pour fêter son retour!..... De plus, notre parole est engagée..... Nous ne sommes pas seules en cause.....

» Tout à l'heure, l'uniforme d'un soldat va poindre dans le lointain..... Comme notre mère sera mécontente!..... et pour lui, quelle déception!.....

» Chéries, ne me condamnez pas si vite. Si vous rencontriez, sur la route, quelqu'un qui souffre et que vous seules puissiez panser ses blessures, ne vous arrêteriez-vous pas..... un instant..... l'instant nécessaire pour chercher un moyen d'amener sa guérison?

» Tante Rose ne me désapprouvera pas ; vous, chéries, vous prendrez patience, vous disant que le devoir est bien impérieux, puisque la balance penche en sa faveur..... »

Fanny, par-dessus l'épaule de Claire, ânonna ces derniers mots :

— Claire?..... Nous n'avons pas de « balance », ici!.....

— Ce qui n'empêche pas, petite sœur, que je reste auprès de toi quelques jours.....

— Claire ne part pas demain!..... Claire ne part pas demain!..... Mais si..... c'est bien vrai!..... Elle me l'a dit.....

— C'est bien vrai, Claire?.... Alors, tu me conduiras à l'école, demain matin?.....

— Et vous retaperez mon chapeau, Claire, n'est-ce pas?.....

— Après avoir lu les lettres autographes du bon duc François à Gérard d'Aigremont!.....

Claire, aimablement, s'engageait à ces choses banales, sentant s'alléger son sacrifice puisque le regard heureux de son père se fixait sur elle avec une tendresse émue.

VII

C'était toutefois un sacrifice. Il lui fut plus apparent le lendemain même, quand l'engrenage la reprit dans ses roues grinçantes et rouillées. Durant toute la nuit, elle avait fait de beaux rêves où l'imagination avait la plus grande part..... Ne s'était-elle pas vue enlevant au triste logis toute la famille : aïeule, père, mère, enfants, pour les transporter en une demeure où l'air et la lumière entraient à flots pressés et où les cours, rendus possibles, s'organisaient merveilleusement?..... Elle s'était vue aussi ramenant l'ordre et l'entente et les installant, d'une façon définitive, au foyer, le tout en moins de temps qu'il n'en faut pour l'écrire, même pour le penser. Mais, hélas! l'ordre était si peu compris, et toujours battu en brèche, en la maison du professeur. Comme entraînées dans un remous invincible, toutes choses sortaient sans cesse de la place qui leur était assignée, soumettant Claire à la fastidieuse besogne de les réintégrer elle-même là où il le fallait : vaisselle dans le placard, linge sur les rayons de l'armoire, batterie de cuisine un peu partout, sans compter les jouets des enfants et la corbeille à ouvrage dont le chat dévidait, un à un, tous les pelotons.....

— C'est trop petit, chez nous, répétait la mère de famille du ton larmoyant de la femme qui ne voit, dans ses lectures habituelles, que palais enchanteurs et les compare au pauvre nid que le sort lui a fait :

— C'est bien trop petit, vraiment!.....

Et ce refrain poursuivait Claire comme pour décourager ses constants efforts. Bien souvent, à bout de courage, et ne manquant pas d'arguments pour se persuader elle-même, elle se disait, entre autres choses, qu'elle n'était pas chargée de l'éducation de sa belle-mère, ni le moins du monde responsable de ses agissements ; mais en s'en revenant, chaque matin, de conduire Gaby à l'école, elle entrait à l'église justement placée sur sa route ; et là, au pied de l'autel, ses idées prenaient un autre cours. Du fond même du tabernacle partait une voix secrète, la voix de Celui qui a passé sa vie mortelle à vouloir le bien de tous les hommes, et dont les sympathies allaient de préférence aux plus coupables comme aux plus abandonnés. Cette voix lui enseignait aussi d'exquises délicatesses, à elle, jeune fille, qui se donnait la tâche ardue de régenter la maison où, huit jours auparavant, elle entrait en étrangère, avec l'extrême hâte d'en sortir. La religion seule pouvait l'aider en cette entreprise, éclairer son jugement, lui donner le sentiment exact des nuances à observer. En la demeure de tante Rose, l'examen de conscience lui paraissait facile à faire, tous les soirs ; elle voguait, là, sur un fleuve au cours paisible, dont les bords restaient verts et fleuris ; mais, maintenant que sa pauvre petite barque naviguait au sein des récifs, parmi les écueils, ne fallait-il pas, en bon pilote, étudier soigneusement la carte et manœuvrer de façon à les éviter? Mme Charton avait, il est vrai, ce qu'on nomme « une bonne nature », exempte d'aigreur, de susceptibilité ; mais, en dépit de ses « hélas! » passés à l'état chronique, elle ne tentait pas le plus petit effort pour sortir du bourbier où elle et les siens s'enlisaient tous les jours. Aidant l'inexpérience de Claire, la Voix divine lui disait : « Voilà l'ennemi!..... » Et Claire, dans l'amoncellement des journaux, des livres, qui créaient un mirage trompeur à l'horizon de la mère de famille, le considérait, cet ennemi puissant dont les armes sont si subtiles et si aiguisées. Parfois, avec terreur, elle songeait qu'il attendait l'instant d'attaquer Fanny, de l'empoisonner, elle aussi, en la détachant du devoir.....

— Que faire, ô mon Dieu! que faire?..... murmurait la jeune fille dans toute l'angoisse de son cœur.

Mais là, pas de réponse ; le silence, presque la nuit se faisaient comme pour rappeler à Claire que Dieu nous laisse libres, puisqu'il nous veut méritants.

La réponse des jeunes cousines ne s'était point fait attendre ; chacune avait pris la plume, cette fois, une plume éloquente, pour conjurer la bien-aimée d'en finir au plus vite avec ce pesage qui osait rendre le plus léger des deux le plateau du bonheur. Elle ne pouvait s'attarder, d'ailleurs, davantage, sous peine de désoler tout le monde et surtout de mécontenter tante Rose qui ne voulait absolument pas l'approuver ; même, à ce sujet, la bonne tante préparait une missive composée d'une bonne demi-douzaine de pages d'un grand papier commercial. Ce ne serait point une lettre, mais un réquisitoire, quelque chose de tout à fait irréfutable et concluant.....

Et Claire se demandait néanmoins :

— Puis-je m'en aller avant d'avoir fait quelque chose..... une chose durable..... qui ne soit pas seulement un coup d'épée dans l'eau?.....

La réponse à cette question lui parut faite un beau matin qu'elle s'en revenait de conduire Gaby, seul, sans l'escorte de la petite sœur. Le hasard ou plutôt la Providence avait dirigé ses pas, pour abréger la route, vers une rue en construction où les maisons neuves s'alignaient, pimpantes, comme des soldats un jour de grande revue. Ici et là, suspendus aux balcons ou aux fenêtres, des écriteaux se balançaient au gré d'une fraîche brise qui, déjà, n'était plus la brise d'été ; le prix de ces logements, relativement modique, s'inscrivait en grosses lettres et frappa les yeux de la jeune fille dès l'abord. Un peu hésitante, elle s'enquit ; on l'invita à entrer ; elle trouva là des pièces fort sortables, qu'elle examina bien en détail. Celle-ci, la salle à manger, était pourvue de placards ; celle-là, plus vaste, indépendante des autres, pourrait être affectée à « un cours », et cette vision de « cours » lui donnant de l'assurance, elle alla sonner à la porte du propriétaire qui demeurait un peu plus loin.....

Il fut très courtois, le propriétaire, bien qu'il se permît une petite enquête qui fit rougir Claire jusqu'au front :

— Vous êtes mariée, Madame?.....

— Non, Monsieur..... Ce n'est pas pour moi..... mais pour mon père.....

— Très bien..... très bien..... Deux, trois personnes au plus?

— Cinq, Monsieur.....

— Cinq?..... Oh! oh!..... Mais pas d'enfants, n'est-ce pas?.....

— Deux..... deux enfants.....

— Oh! oh! oh! Ennuyeux comme tout, les enfants!..... Oui..... oui..... je sais ce que vous allez dire..... Ceux-ci ne sont pas comme les autres..... Ils sont sages, tranquilles, de petits saints dans une niche; n'est-ce pas?.....

Hélas! Claire ne pouvait même pas affirmer cette chose!

Le propriétaire remarqua sa confusion. Il absorba une ou deux prises de tabac, toussa pour s'éclaircir la voix et se déclara désolé..... mais, là, tout à fait, de ne pouvoir accepter un ménage pourvu de deux enfants :

— Dans une maison neuve, vous comprenez?.....

Il ajouta que le propriétaire voisin, bon négociant, qui avait fait les choses plus simplement, ne pensant qu'au seul rapport, serait, certainement, plus désireux d'entrer en relations.....

Plus craintive après cette première épreuve, elle alla frapper à l'autre porte, celle qui serait hospitalière à ses parents.

On l'introduisit dans un bureau meublé sans luxe. Assis à une table de travail, et tandis que sa plume grinçait en courant sur le papier, le maître de céans lui dit, sans lever la tête :

— Que désirez-vous ?

Dès les premiers mots, il l'arrêta net :

— Le nom du demandeur, s'il vous plaît ?

— Monsieur Charton.....

— Quel Charton ?

— Professeur.....

— De musique ?.....

— Oui, Monsieur.....

Il se retourna vers elle tout d'une pièce, et la fixa un instant :

— Vous êtes ?....,

— Sa fille.

— Ah! Eh bien; je regrette, mais mon logement est loué.

Elle s'inclina et sortit, s'étonnant, en son for intérieur, qu'on eût demandé le nom dès que l'affaire ne pouvait aboutir.

Et s'en revenant par la rue encombrée de bois de construction et de pierres de taille, Claire, mélancolique, murmurait à mi-voix :

— Ah! si tante Rose me voyait!

Car la bonne tante eût sûrement fulminé à la vue de sa nièce aux prises avec les propriétaires, inexpérimentée comme elle l'était, et qui se mêlait néanmoins de chercher pour son père un logis autre que le triste troisième de l'impasse du Bon-Pays!..... Même, il semblait l'entendre lui dire :

— Pourquoi t'attarder, petite fille, à des entreprises qui ne sauraient aboutir? N'as-tu pas, à cette heure, à songer à toi..... à rêver à ton home..... et non pas à celui que ton père s'est fait?..... Ne t'obstine donc point...... d'autres refus pourraient bien t'attendre..... Tiens, déjà, tu te sens humiliée!

Cette dernière remarque, qu'elle plaçait elle-même dans la bouche de tante Rose, produisit l'effet contraire à celui que la bonne dame en eût attendu. Pourquoi, si l'on fait œuvre de sacrifice, tant songer à soi-même? Où serait le prix du dévouement, si la route qui y mène n'était semée que de fleurs?.....

Alors, décidée à s'effacer, aussi complètement que possible, tant que se prolongerait son séjour près de son père, Claire revint à la maison où, en son absence, Fanny s'était insurgée.

Elle avait reçu un soufflet, Fanny, et elle criait :

— Je le dirai à papa..... Je le dirai à papa.....

— Si tu fais cela, grondait Mme Charton, je m'en irai, moi, et pour toujours.....

La menace, ou n'était pas sérieuse, ou était bien étrange. Claire ouvrait justement la porte lorsqu'elle fut formulée ; mais, au lieu d'être prise pour arbitre comme cela se pratiquait d'ordinaire, ni Mme Charton ni Fanny ne dirent rien. L'aïeule, à mots couverts, geignait dans son retiro :

— Réduite..... à cette extrémité..... une d'Aigremont, Seigneur ! une d'Aigremont !.....

Elle aussi se tut en apercevant Claire ; puis, soudain, elle l'interpella :

— Votre Dieu, qui donne aux petits oiseaux la pâture..... et aux lis des champs leur robe de blancheur..... délaisse donc les êtres doués de raison ?.....

L'apostrophe était si peu prévue que Claire écarquilla les yeux :

— Pourquoi, grand'mère ? commença-t-elle.

— Oui....., pourquoi ?..... pourquoi ?..... Suis-je moins qu'une pauvre fleur, moi, ou qu'un misérable oiseau ?.....

— C'est parce que vous leur êtes supérieure, grand'mère, que la bonté de Dieu ne vous traite pas aussi bénévolement.....

— Par exemple !..... Ah ! ça ! ma petite, vous vous moquez ?...

Elle alla, souriante, s'agenouiller sur le vieux petit tabouret de paille où s'appuyaient les pieds de l'aïeule et elle caressa les pauvres mains jaunies qui se dérobaient :

— Grand'mère, Dieu vous a donné une âme raisonnable, immortelle, pour que vous lui demandiez, comme au meilleur des pères, tout ce dont vous avez besoin.....

— Oui-da ! Ce n'est pas la première fois, petite, que vous me tenez ce langage ; mais à quoi sert de demander, puisqu'on n'obtient pas ?.....

— Vous avez demandé, grand'mère ?

— Certes !..... Mais il est si loin, votre bon Dieu !.....

— Et il est si près !..... Deux pas à faire, en tournant l'impasse, et nous sommes à l'église..... Voulez-vous essayer ?.....

Elle resta silencieuse. Une question pareille !..... Vraiment, cette petite ne doutait de rien !.....

— Oh !..... vous savez..... j'irais, tout comme une autre, à l'église, si j'étais mise convenablement.....

— C'est facile, grand'mère.....

— Facile!..... L'entends-tu, Camille, l'entends-tu?.....

— Oh!..... Claire est si adroite..... Elle peut ce qu'elle veut..... Tenez, Claire, jetez un peu un coup d'œil là-dedans.....

Elle alluma un flambeau et pénétra, la première, dans une sorte de long couloir qui offrait l'image du chaos. Il y avait, là-dedans, des chaussures moisies, du linge en lambeaux, un matelas centenaire, deux édredons qui laissaient s'échapper, par maintes blessures, tout leur duvet ; il y avait même, sur un monceau de lambeaux disparates, quatre petits chats d'un âge très tendre, car ils n'ouvraient point encore les yeux.....

— Bon!..... voilà une découverte..... C'est bien assez de leur mère, vraiment!..... Passez-moi ces bêtes, Claire..... je les porterai à la voisine..... elle n'en a jamais trop!.....

Mais en déplaçant les petits chats, la jeune fille remua le monceau de chiffons ; sous le monceau, gisait un coffre de chêne ; Fanny le poussa, des deux mains, jusqu'au fauteuil de l'aïeule qui s'écria :

— Je disais bien qu'il ne pouvait être perdu!..... C'est mon coffre de mariage,.... Ouvrez-le, la serrure est brisée.....

Un parfum de lavande s'échappa du coffre de chêne où les mites, d'ailleurs, avaient si bien travaillé qu'on regarda leur œuvre avec stupéfaction.....

— Quel malheur!..... un si beau châle!....., une si belle fourrure!....., un si beau mouchoir!.....

Et Fanny, distraite et amusée, remuait, à pleines mains, les débris qui s'émiettaient encore au contact de ses doigts impatients. Toutefois, certaines étoffes avaient échappé au désastre, grâce à leur tissu, soie ou coton ; et, avec un cri de triomphe, l'enfant étala un mantelet couleur gorge-de-pigeon qu'elle trouvait superbe, ravissant.

— Oh! grand'mère, comme vous serez belle avec ça!.....

— Je portais ce mantelet, ma petite, au festival donné en l'honneur de Charles X..... Je puis dire qu'il a été fort remarqué par le roi.....

— Oui, oui, un vrai vêtement de réception, affirma Claire, un peu effrayée à la pensée d'emmener l'aïeule à l'église avec un costume datant d'une époque si reculée. Mais voilà une jupe feuille-morte qui serait mieux appropriée à la circonstance, pour peu qu'elle soit arrangée.....

On se mit à l'œuvre. Mme Charton, elle aussi, s'appliqua au point de délaisser le feuilleton du jour, si palpitant, où l'héroïne, blessée d'un coup de poignard en plein cœur, tenait de si beaux discours que l'assassin même tombait à ses pieds, foudroyé par le remords.

Fanny, armée d'une aiguille, piquait tantôt le bout de son nez, tantôt celui de sa voisine ; mais Claire, patiente, raccourcissait le fil et guidait la petite main si novice de sa jeune sœur. Avant la fin du jour, les trois ouvrières eurent préparé un costume sortable que l'aïeule revêtit en grand apparat. Le soleil, boudeur depuis l'aurore, se dérida de la voir ainsi, sous les armes, si droite et belle encore malgré les années.....

— Comment descendre, maintenant?..... L'escalier est si étroit!

Ce fut, en effet, une entreprise dont Claire ne se dissimulait point les périls ; mais, courageuse, marchant la première, plaçant Fanny à l'avant-garde, elle prévint les faux pas. Quel soulagement, néanmoins, d'atteindre la dernière marche, de se trouver sur un terrain uni et de dire, souriante :

— Maintenant, grand'mère, vous pouvez vous appuyer sur mon bras.

Le court trajet de la maison à l'église fut cependant long à parcourir.

L'air de la rue donnait le vertige à cette pauvre femme depuis si longtemps soumise à la réclusion ; le pavé lui semblait glissant ; un cheval, une voiture lui causaient de vraies terreurs.....

Il y avait salut, ce jour-là. L'église s'emplissait de fidèles et la foule les porta, l'aïeule et ses compagnes, au tout premier rang. Claire en frémit ; mais Fanny lui dit à l'oreille :

— Je serai sage..... plus sage que Gaby, dimanche dernier....

Et, satisfaite de penser qu'elle se conduisait plus convenablement que son frère, elle s'assit et appuya ses pieds sur le barreau de la chaise d'une personne pieuse, troublée dans son recueillement par une soudaine trépidation.

— Fanny!

— Qu'est-ce qu'il y a?..... Qu'est-ce que j'ai fait?..... mes pieds?..... Où faut-il les mettre, mes pieds?.....

A part cet incident, très vite clos et de minime importance, Claire n'eut pas de sujet à faire les gros yeux. L'aïeule l'occupait plus, d'ailleurs, que l'enfant ; la pauvre aïeule qui regardait l'autel avec une curiosité d'étrangère peu au fait des us et coutumes du pays qu'elle visite et où l'a menée le hasard. A un seul moment, sa prunelle parut s'adoucir : le prêtre, tenant l'ostensoir, s'était retourné vers les assistants ; elle s'inclina, mais sans ébaucher même le signe de la croix.....

— Ouf!..... Je n'en puis plus!..... murmura-t-elle en retrouvant son fauteuil.... Si vous voulez, ma petite, que j'aille à l'église, il faut décider Frédéric à changer de logement.....

Fanny se glissa dans la chambre de Claire, et, d'un ton confidentiel :

— Je vais te dire pourquoi maman m'a donné un soufflet..... Elle ne veut pas que j'en parle ; mais tant pis, tu le sauras.....

— Fanny!.....

— Si..... si..... je veux..... je crierai, si tu te bouches les oreilles..... C'est parce que j'ai laissé entrer un homme qui réclamait de l'argent!.....

Et, triomphante, Fanny se sauva, jugeant le soufflet bien vengé.....

VIII

Cette confidence, tout incomplète et obscure qu'elle pût être, semblait avoir été faite pour rembrunir encore l'horizon. Vainement Claire se disait qu'elle n'avait nulle portée dans la bouche d'une fillette moins perspicace que rancunière et toujours prompte à vouloir se justifier ; néanmoins, le trait restait, inquiétant, tenace, parfois douloureux et gros de menaces pour le présent et l'avenir ; car si les racontars de Fanny étaient plus sérieux qu'elle ne savait le dire, les projets, les rêves, les tentatives de la grande sœur s'en allaient à vau-l'eau. Changer de logis serait augmenter la dépense, alors que le budget de la famille se trouvait peut-être en déficit. La menace proférée par l'enfant colère : « Je le dirai à papa » dénotait l'ignorance du père de toutes ces choses de ménage, dont il ne s'occupait pas d'ailleurs. Les lui révéler n'était pas possible ; et enfermée dans ce cercle vicieux qui n'offrait aucune issue acceptable, Claire se meurtrissait l'esprit et le cœur.....

Sur ces entrefaites, une sommation écrite de la main de tante Rose lui arriva :

« Ma petite fille, je te donne encore huit jours pour accomplir ce que tu nommes, d'une façon très-énigmatique, le « devoir », tout en te faisant remarquer qu'on est sujet, à ton âge, à prendre l'ombre pour la réalité. En tout cas, ceci est mon dernier mot et la limite de ma patience : huit jours, pas une heure, pas une minute de plus...., »

Claire eut un profond soupir en lisant ces lignes. Sa tante, très bonne, savait être très ferme à l'occasion. Depuis plus de quinze ans, elle lui obéissait comme à une mère, se fiant à son expérience, à sa sagesse si éclairée. Mais, cette fois, ce lui semblait dur de se soumettre, bien que tout son être s'élançât vers la chère maison pour y reprendre la douce vie familiale, si différente de celle qu'elle menait au foyer paternel ; car si elle avait prolongé son séjour à X..., n'était-ce pas dans l'espoir d'amener une éclaircie dans le ciel nébuleux que jamais n'égayait un rayon de soleil?.....

Au lieu de cela, elle le voyait s'assombrir encore sous le coup des demi-révélations de Fanny, réduisant à néant ses propres rêves et ses généreux désirs. Et, malgré sa confiance en tante Rose, elle n'arrivait point à se persuader qu'elle avait poursuivi une ombre, en essayant d'alléger le fardeau qui pesait si lourdement sur les épaules du pauvre professeur.

Inexpérimentées et lassées, ses mains devaient donc laisser échapper le poids qu'elles s'étaient efforcées de soulever quelque peu, d'attirer, de retenir, et le laisser retomber plus pesant, plus meurtrissant aussi, pour toujours?.....

Cette pensée ne la quittait plus ; lorsque son père revenait, courbé, épuisé d'avoir couru le cachet au prix minime de celui qui ne s'impose plus mais est imposé par les autres, elle souffrait en son âme, en son cœur, en sa dignité filiale aussi.....

Et le temps passait, long et court à la fois, marquant, toujours plus proche, la date du départ, un départ plus navrant même que l'arrivée.....

Gaby disait :

— Tu n'es plus comme au commencement, Claire?..... Tu ne ris plus avec nous.....

— Claire s'ennuie..... voilà!..... murmurait Mme Charton.

Elle ajoutait :

— Je connais ça, moi..... Et si je n'avais pas mes journaux.....

L'aïeule recommençait à s'aigrir :

— C'est bien sûr!..... On plaint un instant les gens malheureux..... puis on se lasse..... on leur tourne le dos.....

— Grand'merci!.....

— Parfaitement!..... Oh!..... moi, je connais le monde..... Quand j'étais jeune et riche, j'avais beaucoup d'amies, beaucoup..... des compliments, des tendresses, des visites à n'en plus finir..... Allez voir, à présent, si on s'informe même si j'existe?..... Si on l'apprend, par hasard, on ne montera pas nos trois étages pour me venir voir.....

— Eh bien! grand'mère, il fait beau temps..... Allons encore à l'église aujourd'hui.....

— Ça, non, ma petite : j'ai été trop fatiguée l'autre jour..... Quand Frédéric se décidera à changer de logement, à la bonne heure!..... Oh!..... je ne vous empêche pas d'y aller : une dévote comme vous!.....

Claire s'enfuit. L'église était son seul refuge. Là, du moins, elle mettait son cœur à nu, essayant du baume de la prière pour le calmer.....

Cette fois, elle n'entra pas le front baissé, comme elle le faisait d'habitude ; une grande affiche blanche, suspendue entre les deux portes intérieures, attira son regard. Machinalement, elle la parcourut des yeux :

« Le concours pour la place d'organiste s'ouvrira dans trois jours. Avis aux artistes qui veulent y prendre part. »

Claire passa, indifférente, et alla s'agenouiller aux pieds de l'autel, à sa place accoutumée.....

Là, elle ne put se recueillir. Les mots, les phrases d'adoration lui venaient aux lèvres sans que son esprit y prît part. Elle s'humilia, se gourmanda, essaya de clore ces distractions inexplicables selon elle, puisque, tout à l'heure encore, son âme s'élançait vers Dieu. Elle dut y renoncer. Une idée très tenace flottait, sous le voile du rêve, dans son imagination : les orgues, cependant muettes, lui semblaient rouler leur tonnerre ; et là, devant les claviers, ses doigts parcourant les touches, son père lui souriait.....

Quelle folie!..... Jamais elle n'avait ouï dire qu'il jouât de l'orgue.

Un mouvement irrésistible la poussa à s'en assurer :

— Père, l'organiste de Saint-Epvre est-il mort?.....

— Oui, ma fille..... Je le connaissais beaucoup..... et je l'ai souvent suppléé.....

Un flot de sang lui monta au visage :

— Alors..... vous pouvez?..... vous savez aussi?.....

— Cela t'étonne?..... C'est vrai!..... Tu ne m'as vu qu'avec ma boîte à violon.....

Ils étaient seuls. Fanny et Gaby se poursuivaient dans la chambre voisine. Elle se sentait émue comme elle ne l'avait pas encore été :

— Père?.....

— Clairette?.....

— Pourquoi ne concourez-vous pas?.....

Il tressaillit :

— Pourquoi?..... Je n'y ai même pas songé!..... Beaucoup de concurrents, très épaulés..... et dont on dit merveille..... Moi, je suis un ignoré..... un inconnu.....

— Mais, qu'importe, père?..... Essayez..... si, essayez, de grâce!..... Vous êtes artiste dans l'âme ; je le sais bien..... Est-ce qu'il y a des conditions exceptionnelles à remplir?.....

— Exceptionnelles, non pas!..... Il faut un bon renom..... une vie irréprochable..... et je crois, petite fille, n'avoir rien à me reprocher.....

— Moi, j'en suis sûre! dit-elle avec un bel orgueil filial qui lui arracha un sourire. Aussi, c'est entendu, père : vous con-courez!.....

Il hésitait encore. C'était chose si inattendue de se voir pris à l'improviste, sollicité, entraîné, loué, comme elle le faisait.

— Si j'échoue?..... dit-il, timide, en la regardant.

— Qui le saura?..... Et qu'importe!..... Ne sera-ce pas un secret entre nous deux?

— Pas tout à fait!..... mais tu as raison : qu'importe!..... Seulement, je te préviens que jamais rien ne me réussit.....

— Ah! père, ceci est de la superstition : je n'en veux pas! Confiez plutôt votre affaire au bon Dieu.....

— Confie-la, toi, Clairette..... Car, moi, tu sais!.....

— Non, non, je ne sais rien, sinon que pour obtenir une faveur il est nécessaire que vous la demandiez.....

— Ah!..... si Dieu me l'accordait..... murmura M. Charlon en hochant la tête.....

— Vous lui seriez bien reconnaissant.....

— Oui..... oui..... c'est certain..... Car ce serait, vois-tu, une position stable, plus avantageuse que je n'aurais pu la rêver..... Mes jambes se fatiguent, ma santé se mine..... tant de courses, de préoccupations!..... Et, sais-tu?..... j'aurais un logis tout trouvé, à côté de l'église..... du soleil, de l'air, du repos..... Oh! vois-tu, Clairette, ce serait trop beau, n'en parlons pas.....

— Parlons-en comme d'une affaire possible, non assurée..... N'est-ce pas ainsi que sont toutes les choses de ce monde?.....

— En as-tu déjà l'expérience, mon enfant?.....

— Oui..... un peu, dit-elle, souriante, en l'embrassant bien fort.....

D'un accord tacite, ils gardèrent ce secret qui leur mettait au cœur appréhension et espoir. Comme tous les artistes, M. Charlon était prompt à s'enflammer, prompt aussi à se décourager quand il comptait les périls ou les difficultés d'une entreprise, fût-elle moins importante que celle-ci. Claire ne connaissait point encore ce côté de la nature paternelle ; et elle se disait, avec raison :

— Si je n'étais pas là, père ne concourrait pas!.....

Car c'était, sans cesse, une lutte entre eux, presque enfantine d'une part, toute maternelle de l'autre, puisqu'il fallait soutenir une faiblesse et guider une volonté.....

— Tu ne sais pas ce que c'est, Clairette, ces concours!..... Le jury a beau être impartial, il a toujours de secrètes préférences. Et c'est si facile de faire pencher la balance en faveur du candidat de son choix.....

Mais Claire combattait ce prétendu argument. Elle croyait fermement à la justice, elle voulait qu'il y crût, ou, tout au moins, qu'il pensât que Dieu la guide et l'éclaire quand il lui plaît. Mais s'il délaissait ce thème, il en reprenait bien vite un autre, non moins inquiétant que le premier. L'un des concurrents — un jeune! — était l'auteur d'œuvres remarquables. Lui, avait eu la chance de trouver un parfait éditeur qui savait faire proclamer son nom par toutes les trompettes de la renommée ; à demi célèbre, déjà paré de l'auréole, il pouvait dire d'avance la parole de César : *Veni, vidi, vici*..... Mais, à son défaut, tel autre remporterait la palme, grâce à sa parfaite expérience de l'instrument sacré ; car ce n'est pas le tout d'avoir du talent ; l'habitude est un puissant levier dans la main des médiocres..... Et le pauvre professeur s'avouait que cette habitude lui faisait défaut.....

A tout cela, d'une voix calme et souvent badine, bien qu'une profonde inquiétude s'emparât d'elle forcément, Claire répondait sans se lasser. La confiance en soi n'est pas la présomption ; douter, c'est déjà admettre la défaite ; les impressionnables, surtout, ne doivent perdre aucun de leurs moyens.....

Quant à elle, la pauvre petite, elle pressait, suppliait le Maître, le grand Maître des maîtres, de jeter un regard clément sur ce père si éprouvé. Elle lui disait :

— Attirez-le..... retenez-le..... clouez-le..... auprès de vous, Seigneur, devant ce clavier qui chante vos gloires, exalte votre nom en de si beaux accords!..... Si je le sais là, je partirai tranquille..... et mon séjour ici n'aura pas été vain!.....

Ce fut un soir, en revenant de l'église, qu'elle reçut une secousse aussi douloureuse qu'inattendue. Elle montait l'escalier ; le bruit d'une voix irritée la cloua à mi-chemin sur les marches.....

— Qu'est-ce donc?.....

Et un homme, furieux, parut devant elle, criant, du haut de sa tête :

— Puisqu'on ne m'ouvre pas, j'attendrai!..... Je ferai le siège de la maison!.....

L'homme aperçut Claire et maugréa :

— Pouvez-vous me dire à quelle heure M. Charton rentre chez lui?..... Cette fois, rien ne m'empêchera de lui parler.....

Elle tremblait, mais elle se força à être calme :

— Vous pouvez tout me dire à moi, Monsieur, je suis sa fille aînée.

L'inconnu s'adoucit ; le ton de Claire était si digne, son maintien si modeste, ses manières si distinguées!..... Même il baissa le ton, auparavant si gros de menaces :

— Ah!..... voyez-vous, Mademoiselle, c'est exaspérant, à la fin!..... J'ai fourni, longtemps, les yeux fermés, des provisions d'épicerie à Madame votre mère..... votre belle-mère, je crois?..... Mais, à part de belles paroles, je n'ai rien reçu en payement..... rien, vous entendez?..... Et je dois vous dire que je suis déterminé à rentrer dans mes fonds!..... L'huissier demain..... et, s'il le faut, la saisie.....

Claire se cramponnait à la corde qui servait de rampe d'escalier ; à ses yeux terrifiés se montrait un gouffre dont elle ne pouvait mesurer encore la profondeur.....

Elle réussit cependant à élever la voix :

— Je vous prie de ne rien faire de ce que vous dites avant de m'avoir revue ; j'irai moi-même chez vous, dès demain matin.....

Ceci n'était qu'une promesse et il s'était déclaré las d'en recevoir ; mais il y avait loin, sans doute, de ces mots si simples et si affirmatifs, aux discours qui n'étaient destinés qu'à gagner du temps. Il répondit, en saluant la jeune fille :

— Mademoiselle, je vous attendrai.....

— Ah!..... Claire..... Claire..... cette fois, nous sommes perdus.

Et Mme Charton, affolée, éclata en sanglots.

— Ce vilain homme!..... Fanny l'avait fait entrer, l'autre jour..... Aujourd'hui, je ne lui ai pas ouvert..... Il a crié, alors, à la porte..... Les voisines écoutaient..... J'ai surpris des rires!..... Frédéric saura tout..... Il perdra courage.....

— Calmez-vous!..... Fanny peut vous entendre..... Mais les leçons, cependant, doivent vous rapporter.....

— Quelquefois, en effet, de bonnes sommes me tombent entre les mains..... Il en faudrait le double!..... L'argent fond dans les doigts..... on ne sait comment..... Un ou deux bons repas..... et c'est fini!.....

Claire ne demanda pas pourquoi, quand l'argent rentrait, on l'employait à des repas coûteux. Depuis son arrivée, elle avait observé ces choses qui sont les dérivés du désordre et rompent, tout aussi bien qu'il peut le faire, l'équilibre du budget. Un jour : pâtés, volailles, gâteaux, vins fins ; le lendemain, du boudin à l'oignon ou du cervelas.

— Nous ne dirons rien à mon père..... en ce moment, déclara-t-elle ; mais à moi, dites tout.....

— Ah!..... Claire..... Claire..... qu'y ferez-vous donc, à ces choses?..... Ce ne sont pas de fortes sommes..... mais beaucoup de petites..... qui sont dues aux fournisseurs..... vingt francs ici..... Vingt autres là..... Une centaine, par exemple, à celui-ci..... Il y a des rues où je ne passe plus!..... et voilà pourquoi je n'aime pas sortir..... On n'ose encore pas s'adresser à Frédéric..... l'accoster, quand il revient, le pauvre!..... avec sa boîte à violon sous le bras..... Oh!..... que c'est triste!..... Et si je n'avais pas la lecture!..... Le premier argent dont je disposerai, je prendrai des billets à la loterie de Hambourg..... Cinq cent mille francs le gros lot!..... Ça peut tomber sur moi comme sur une autre..... et je brûlerai un cierge à l'autel de la Vierge, pour réussir.....

Toutes ces incohérences poignaient Claire en lui montrant, tout à fait à nu, la situation de ses parents : son père, découragé, épuisé de travail, jetant, sans compter, le fruit de ses sueurs dans le tonneau des Danaïdes, que sa femme, par des rêves dangereux, voulait s'efforcer aussi de remplir, se fiant à des pratiques de surérogation pour obtenir du ciel les choses qu'elle ne savait pas demander, ne priant pas, ne connaissant pas non plus ses vrais devoirs!.....

Après une minute de réflexion, elle dit, fermement :

— Ma mère, puis-je espérer que vous aurez confiance en moi?.....

— En vous, Claire?..... Pouvez-vous en douter?..... Vous êtes bien plus intelligente que moi..... Si!..... si!..... Oh!..... allez, je ne suis pas orgueilleuse..... J'ai assez d'autres défauts..... Maman a beau dire..... Le pauvre Frédéric n'a pas fait un beau mariage en m'épousant..... J'étais belle, voilà tout!..... Comme j'ai changé!.....

Belle!..... Avec sa robe souillée, ses chaussures éculées, sa chevelure en désordre, ses yeux rougis de larmes, Mme Charton n'offrait plus aucune trace de cette beauté qui avait charmé son mari. Combien se seraient détournés d'elle, non seulement à cause du peu de jugement et d'entente dont la pauvre femme faisait preuve, mais aussi en raison du peu de bonheur qu'elle donnait aux siens ; et Claire comprenait, de plus en plus, les indignations de tante Rose, ses mots couverts, ses réticences, même l'ultimatum du retour. Le seul sentiment naturel eût inspiré, peut-être, en cette dernière circonstance, des paroles de reproche, d'aigreur, de dédain, à la belle-fille qu'on avait soustraite, toute jeune, à son influence et à son autorité ; mais la nature est mauvaise conseillère en ces choses, où le cœur s'insurge parce qu'il voit souffrir ceux qu'il aime d'un profond amour. Et Claire, plus encore qu'autrefois, aimait son père ; elle aimait ce petit frère, cette jeune sœur, qui, eux, n'avaient point de tante Rose et s'élevaient tout seuls, comme abandonnés, hélas! au foyer familial. Mais plus que tous ceux-ci, plus que tous au monde, Claire aimait son Dieu et voulait aimer, comme soi-même, par amour pour lui, les moins sympathiques de ceux qu'il plaçait sur son chemin.....

Elle embrassa sa belle-mère, pensant que sa propre mère, du haut du ciel, la voyait et lui souriait ; et elle reprit :

— Voulez-vous que nous compulsions ensemble votre livre de dépenses, pour établir le compte de ce que vous devez?....

— Mon..... livre..... de dépenses?.....

Elle rougit prodigieusement et ajouta, presque à voix basse :

— Je n'en ai pas.....

Elle balbutia aussi :

— ... Alors, c'est utile, Claire, un livre de dépenses, vous croyez?.....

— C'est nécessaire. Si vous n'inscrivez rien, vous ne pouvez arriver à équilibrer votre budget.....

— J'inscrirai, dit-elle docilement. Mais voici des factures..... tenez..... je cache tout ici, pour que Frédéric ne voie pas.....

Elle souleva le coin de son matelas et retira un fouillis de paperasses, chiffonnées, déchirées, mêlées à des feuilletons de journaux.....

— Voici..... tout y est..... Oh! ce n'est pas très considérable, allez!.....

Claire aligna les notes et fit l'addition : « Cinq cents francs!..... »

— Oh!..... mon Dieu!..... Vous croyez?..... Vous êtes sûre? Elles ont donc fait la boule de neige?..... Comment de si petites sommes peuvent-elles arriver à former cinq cents francs?.....

Elle eut une explosion de larmes :

— Eh bien! c'en est fait!..... Nous ne nous tirerons jamais d'affaire..... Comment voulez-vous?..... Moi, qui n'arrive pas à joindre les deux bouts ensemble, je ne peux pas solder un tel arriéré..... Et je suis bien comme Frédéric, lasse....., oh!..... lasse d'une telle vie!.....

— Ne dites pas de ces choses, ma mère!..... Je vais faire tout mon possible pour arranger cela..... soit que les fournisseurs me donnent le temps nécessaire, soit que je réussisse à vous libérer.....

— Pas ceci, Claire! sanglota-t-elle ; si Frédéric savait!..... Je sens qu'il me pardonnerait moins encore..... qu'il m'accuserait peut-être de vous avoir exploitée.....

— Il ne peut être question d'exploitation entre nous.....
D'ailleurs, ce serait un prêt..... vous me rembourserez peu à
peu, si la situation de mon père vient à s'améliorer.....

— Hélas! qui peut le prévoir?.....

— Espérons toujours.,... même contre toute espérance.....
Priez avec moi..... Offrez quelque chose à Dieu.....

— Qu'offrirais-je..... moi qui n'ai rien?..... Maintenant,
moins que jamais, je peux songer.à faire l'aumône!.....

— Il y a autre chose à offrir à Dieu que de l'argent.....Une
privation, un sacrifice, un renoncement lui sont plus agréables
qu'un don en nature, parce qu'ils viennent du cœur.....

— Mais de quoi voulez-vous que je me prive, Claire?..... Je
mange à peine..... je ne fais pas de toilette..... et je n'ai pas
beaucoup de bien-être, vous le savez bien?.....

— Ce qui vous prend beaucoup d'heures, ma mère, des
heures que vous pourriez employer d'une façon utile..... pour
le bien-être de tous..... c'est la lecture.....

— Et vous voulez que j'y renonce, Claire?..... dit-elle avec
effroi. Autant me demander de m'enterrer vive..... Car je serai
bientôt morte, si je n'ai plus l'idéal dans ma vie.....

— Est-ce bien l'idéal?..... N'est-ce pas plutôt son ombre?.....

— Une ombre qui m'est chère, aussi chère que la lumière du
jour..... Pensez donc..... Grâce à mes feuilletons, je rêve que je
suis heureuse.....

— Mais ce n'est qu'un rêve, et le réveil est d'autant plus
décevant.....

— Je sais..... mais qu'importe.....

— Il importe, je crois, de ne pas dédaigner le vrai bonheur
pour courir après le faux.....

— Qu'appelez-vous le « vrai bonheur », Claire?..... Con-
siste-t-il à me lamenter sans cesse avec ma pauvre maman et à
déplorer le sort néfaste des derniers d'Aigremont?..... Consiste-
t-il à porter des robes fanées, des chaussures en lambeaux?.....
à faire la cuisine..... à fouetter Gaby..... à lutter contre cette
méchante Fanny qui ne veut jamais prendre sa leçon..... à
voir dépérir mon pauvre Frédéric..... vieux avant l'âge..... et
qui n'a même pas le loisir de se soigner?..... Ah! le « vrai
bonheur », il y a longtemps que je le connais, allez!..... Il n'est
ni beau, ni bon, ni plaisant, ni aimable..... Tel qu'il se présente, ce n'est qu'un épouvantail.....

— Oui, peut-être, si on le considère en lui-même, si on ne le spiritualise pas.....

— Quel grand mot, Claire!..... Un mot qui fait peur.....

— Lorsqu'il est incompris. Au couvent et chez tante Rose, si vous saviez comme il se fait doux, comme il éclaire..... et illumine..... le chemin.

Mme Charton hocha la tête, non convaincue :

— Vous changeriez de langage, Claire, si vous habitiez toujours ici..... Il est facile, allez, de « spiritualiser » quand on ne manque de rien et qu'on marche sur des fleurs..... Lorsque Dieu aura balayé les pierres de ma route, je consens à y marcher, les yeux ouverts.....

— Pour que les pierres s'écartent ou deviennent plus rares, il faut votre coopération.

La pauvre femme eut une nouvelle explosion de pleurs :

— Oh!..... vrai..... je ne comprends rien à ces choses, moi!..... c'est trop subtil..... Je sais que je souffre..... et voilà tout!..... Mais vous, Claire, qui avez une raison au-dessus de votre âge, soyez-moi indulgente..... Ne me condamnez pas!..... Je n'ai pas mauvaise volonté, je vous assure..... et, peut-être, je serais autre, si j'avais été élevée comme vous.....

IX

On sonna : un coup de sonnette autoritaire qui précipita nerveusement les drelin..... drelin..... drelin de la clochette poussive suspendue à la porte d'entrée.

Fanny courut ouvrir. Elle se trouva en face d'une dame d'un certain âge, l'air sévère, qui lui dit brusquement :

— Claire est-elle à la maison?.....

Fanny se sauva, laissant la dame en plan, sur le palier.

Mais la dame ne s'embarrassa pas de cette réception discourtoise ; elle s'était préparée à voir des choses extraordinaires, à entendre des discours saugrenus, et elle avait fait provision de patience pour garder son sang-froid. Cependant, lorsque Mme Charton parut, à son tour, timide et indolente, dans sa robe souillée et le visage encadré de ses cheveux en désordre, elle toussa, comme suffoquée par quelque morceau difficile à avaler.....

— Vous demandez à voir M. Charton, Madame?..... Mon mari n'y est pas.

— Je demande à voir sa fille, Madame : ma petite Claire, dont les façons inexplicables..... les agissements imprévus..... les..... enfin!..... Je suis sa tante..... tante Rose..... sa seconde mère, Madame!..... puisque ma pauvre sœur..... enfin!..... Et je viens la chercher..... et je veux savoir pourquoi elle m'a fait demander de l'argent?..... Et ceci n'est pas fait pour me plaire..... ni pour me rassurer.....

— Oh!..... mon Dieu..... ne vous fâchez pas, Madame!..... balbutia Mme Charton..... Claire est bonne..... si bonne.....

— Trop bonne! trop bonne!..... Il y a des limites à la bonté. Mais moi, qui ai veillé sur cette petite dès son enfance, je suis là, heureusement, non pour me laisser emboberiner comme une fillette..... mais pour la défendre..... pour la défendre, Madame, vous entendez?.....

— Personne..... non! personne ne la menace : j'en peux prêter serment!

— Ne jurez pas!..... Ce serait un faux témoignage..... je m'expliquerai de ceci avec mon cher beau-frère..... Qu'est-ce que cette somme de cinq cents francs?..... A qui..... à quoi est-elle destinée?

— Madame!..... De grâce! Oh! ne parlez de rien à Frédéric..... Non..... non..... il ne *sait* pas!.....

— C'est parfait!..... Alors, c'est *vous* qui *savez*?..... C'est *vous* qui *voulez* de l'argent..... qui en *demandez* à votre belle-fille?..... Eh bien, je regrette, mais vous n'en aurez pas.....

Mme Charton fondit en larmes, complètement bouleversée.

— Oh!..... inutile de pleurer, déclara tante Rose, plus doucement. Je ne viens pas ici pour vous arracher des sanglots..... ni pour vous faire de la peine..... Je ne veux en faire ni à vous, ni à personne, d'ailleurs!..... Je viens reprendre Claire, qui s'éternise chez vous, enfreint mes ordres..... et..... et..... compromet son avenir..... Voyons, où est-elle, cette enfant?.....

— Elle est allée conduire Gaby à l'école.

— A l'école?..... Alors, comme une domestique, elle sort seule..... dans une grande ville?..... Parfait!..... parfait!.....

— C'est elle qui a voulu.....

— On ne laisse pas *vouloir* ces choses-là!..... je le dirai à son père..... Va-t-elle revenir bientôt..... au moins?.....

— Je..... je ne sais pas.....

— Vous ne *savez* pas?.....

— Elle..... elle..... s'est chargée de quelques commissions.....

— Très bien! Allez toujours, pendant que vous y êtes!..... Je pense, aussi, qu'elle fait la cuisine?..... qu'elle relave?..... qu'elle débarrasse?..... et, peut-être, Dieu me pardonne! qu'elle cire les planchers?

— Oui..... non..... quelquefois, balbutia Mme Charton, perdant la tête tout à fait.

— Comme vous êtes bien logés, ici!..... continua tante Rose dont la provision de patience était déjà fort ébréchée. Une maison bien paisible..... un beau quartier..... une jolie vue : toute une collection de toits..... Rien de si pittoresque, les toits!..... Depuis plus de trois semaines, ma pauvre Claire a dû bien s'amuser?..... Tiens, pourquoi cette petite est-elle blottie sous la table?..... Qu'est-ce qu'elle y fait?.....

Et la voyageuse, du bout de son parapluie, montrait Fanny dans la pénombre, dont les yeux noirs reluisaient comme ceux d'un chat.

— Camille?..... Camille?..... Avec qui donc parles-tu?

— Ah!..... c'est vrai..... vous avez avec vous votre mère..... Je vais la saluer.

Tante Rose s'avança sur le seuil du retiro :

— Madame, je suis votre servante!..... Tante Rose; dont vous avez, peut-être, ouï parler.....

— Oui, Madame!..... C'est vous qui avez pris Claire à son père quand il s'est remarié.....

— Et je m'en flatte, Madame!..... Et c'est ce que j'ai fait de mieux dans ma vie, Madame!..... Et je me garderais d'agir différemment, s'il m'était donné de le recommencer.

— Madame, nous sommes de noble souche : les d'Aigremont.

— Cela me fait grand plaisir.....

— J'ai montré à Claire des lettres autographes d'un prince de Lorraine : le bon duc François.....

— Elles ont bien dû l'intéresser.....

— Et nous devons même déchiffrer l'une d'elles..... dont l'écriture est presque illisible..... dimanche prochain.

— Dimanche?..... Je regrette beaucoup, Madame : Claire ne sera plus là.....

— Ah!..... et où sera-t-elle?

— Chez moi..... d'où j'ai eu le grand tort de la laisser partir.

— Pourquoi tort?..... Elle est gentille!..... Nous nous sommes promenées ensemble..... elle a retrouvé mon coffre de mariage..... là, sous des chiffons où la chatte avait porté ses petits..... et elle a refait ma jupe couleur feuille-morte!..... Camille n'a jamais le temps!.....

— Très bien!..... Mais, chez moi, Claire a aussi de la besogne. Elle va travailler pour elle..... car.....

— Ah!..... voici mon mari.....

L'air effrayé de Mme Charton et sa voix suppliante indiquaient une crainte excessive des révélations de tante Rose.

— Madame..... Madame..... je vous en prie!.....

Le professeur recula de surprise en apercevant sa belle-sœur ; il allait s'avancer, la main tendue, quand elle s'écria :

— Vraiment, Frédéric, votre conduite est inexplicable..... Avez-vous l'intention de compromettre l'avenir de votre fille? par insouciance..... égoïsme..... que sais-je? moi!.....

— Pardon..... ma sœur!..... Je..... ne comprends pas.....

— C'est pourtant facile à comprendre! Les vingt-huit jours de ce jeune homme ont fini avant-hier....., J'avais prévenu Claire. Je l'attendais..... Personne!..... Il est encore reparti désolé, le pauvre garçon!

— Je..... comprends moins encore!..... De quel jeune homme..... de quels vingt-huit jours est-il question?

— Toujours distrait, alors!..... Eh! mon Dieu, de celui que votre fille doit épouser.

— Ma fille?..... ma fille doit épouser,..... C'est bien de Claire que vous voulez parler, ma sœur?

— Dame! Ce n'est pas de cette enfant qui se traîne sous la table..... Elle va achever de salir sa robe, cette petite.....

— Claire! Claire! Mais Claire ne m'a rien dit!

— Rien dit!..... Vous êtes sûr?..... Non, c'est impossible!..... Un parti superbe!..... Et qui l'apprécie!..... Dans deux mois, elle sera mariée!..... Mais voilà assez, par exemple, d'hésitations, de lettres, de prétextes pour prolonger son séjour ici..... Maintenant que vous êtes prévenus, je la remmène..... Je..... la..... rem..... mène..... envers et contre tous!

— Je ne m'y oppose pas, ma sœur!..... Chère..... chère petite fille! oh! qu'elle soit heureuse, bien heureuse, surtout!

— Elle le sera.

— Qu'elle ait une vie paisible!

— Elle l'aura.

— Que son mari comprenne toute la valeur du trésor qu'il doit posséder!

— Il le comprendra..... Merci, Madame, je n'accepterai rien..... j'ai déjeuné au buffet de la gare..... Nous prendrons le train du soir.

Un gros sanglot partit de dessous la table où Fanny s'était retranchée.

— Cette petite a dû se faire griffer!..... Elle a le chat sur l'épaule..... Prenez garde à ses yeux..... enfin!

La porte s'ouvrit doucement, et Claire, stupéfaite, s'arrêta sur le seuil.

— Claire!..... Méchante fille!..... oui..... c'est moi! c'est moi! Vite, ta malle..... je t'emmène!..... Quel air surpris!..... Croyais-tu que je ne viendrais pas te chercher?

— Clairette..... ma Clairette..... pourquoi ne m'as-tu rien dit de tes projets de mariage?..... Ton bonheur m'est plus cher que le mien..... et je ne t'aurais pas retenue ici..... Oh non!

Ces exclamations, ces questions et ces tendres reproches s'entre-croisaient, portant au comble l'émotion de la jeune fille, peu préparée à cette scène inattendue ; car, bien que la limite assignée par tante Rose fût dépassée depuis quelques jours, Claire ne s'attendait pas à ce qu'elle vînt l'enlever ainsi, presque de force, avec l'autorité dont elle usait en ce moment.

Elle répondit à ses caresses et lui rendit ses baisers :

— Tante! chère tante!... quelle joie de vous revoir.....

— Une joie que tu n'étais guère impatiente de goûter, méchante fille!..... Tu as fait pleurer tes cousines!..... Elles ne sont pas allées en pèlerinage!..... et, vraiment, il faut que ce soit *lui*, pour ne point se décourager!.....

Claire, rougissante, leva les yeux vers M. Charton :

— Père..... je ne vous ai pas parlé de ce projet de mariage, parce que je ne désire pas me marier, maintenant.....

— Hein? Qu'est-ce que tu dis?..... Vraiment, Claire, je t'ai connue sensée et raisonnable..... et, maintenant, je me demande si tu es dans ton bon sens?.....

— Oui, tante, puisque je sais, que je reconnais combien vous êtes bonne ; puisque je sens que ma gratitude et ma ten-

dresse pour vous s'augmenteront encore de jour en jour!.....
Je suis aussi, n'en doutez pas, profondément touchée d'être
recherchée par..... par.....

— Par un pauvre garçon dont tu ne mérites pas la cons-
tance.....

— C'est vrai!..... Aussi, j'espère qu'il m'oubliera très vite.....
et qu'il sera heureux, comme je désire qu'il le soit.....

— Elle est folle!..... Voyons, Frédéric, raisonnez cette enfant..... elle divague!..... On ne trouve pas deux fois sur sa
route, même quand on a vingt ans, un mari sérieux, riche et
bien pensant..... Dites-le-lui!..... Dites-le-lui!.....

— Clairette!..... Je joins mes prières à celles de ta tante.
Oh! certes, je ne te soupçonne pas de caprice, mais je crois
que tu aurais tort de persister dans ton refus. Car il est vrai
que de tels prétendants sont rares..... et puisque, dans sa prudence, dans sa maternelle tendresse, tante Rose a choisi celui-
ci, digne de toi, accepte-le, ma fille!..... Moi, ton père, j'en
serai heureux.....

Claire, les larmes aux yeux, embrassa son père et sa tante,
les remercia de vouloir son bonheur, et, plus fermement
encore, refusa de se marier.

— Frédéric, s'écria la bonne tante, au comble du courroux,
vous avez ensorcelé cette enfant, qui a toujours fait ce que j'ai
voulu..... Je vous rends donc responsable de son avenir.....
Un avenir qui pourrait être beau..... et qu'elle compromet.....

Cependant, un défi passait dans sa voix, parce qu'il se glissait dans son cœur. Une fois rentrée en possession de sa nièce,
elle comptait la chapitrer à loisir et lui faire entendre raison.

— Allons, Claire!..... Faut-il te rappeler que nous prenons
le train du soir?..... Ta malle..... dépêche-toi.....

— Tante chérie!..... Ma bonne tante Rose, je demeurerai ici
encore un peu, si vous le voulez bien?.....

— Et je ne le veux pas!..... Qu'est-ce donc que tout ceci,
Frédéric!..... Avez-vous donc oublié nos conventions?..... N'est-
ce pas assez qu'elle me résiste, en face, repoussant le mari que
j'ai choisi de ma main? Voilà que vous lui persuadez de prolonger son séjour auprès de vous!..... Un séjour qui n'a que
trop duré!.....

— Ah!..... tante..... vous bouleversez mon père! Hélas!.....
en un moment où il lui faudrait le calme..... la tranquillité.....

M. Charton, d'une pâleur mortelle, était en proie à une extrême émotion. L'arrivée inopinée de sa belle-sœur, ses projets de mariage, le refus de Claire, le désir qu'elle avait de lui rester encore, le courroux de tante Rose, ce long débat tant entremêlé de reproches, de larmes, d'adjurations, et par-dessus tout, bien qu'il voulût s'en défendre, la surprise mêlée d'une joie intime que lui donnait l'affection, bien prouvée, de sa fille, surexcitaient outre mesure son tempérament nerveux.

— Oh!..... qu'avez-vous fait?..... murmura douloureusement la jeune fille à l'oreille de sa tante : Mon pauvre père ne réussira pas son concours!.....

X

Fanny se glissa dans la chambrette où Claire se retirait, le soir venu :

— Est-ce qu'elle est partie, la méchante femme?..... demanda-t-elle sourdement.

— Tante Rose n'est pas une « méchante femme », petite sœur.

— Si..... si....., puisqu'elle voulait t'emmener..... chez elle..... pour toujours.....

— Parce qu'elle m'aime et veut mon bonheur.....

— Moi aussi, je t'aime, sœur Claire!.....

Et les sanglots, longtemps comprimés, se firent jour, secouant, comme un frêle arbrisseau, le corps tout entier de la fillette, que Claire, effrayée, saisit dans ses bras.....

— Allons..... pauvre chère mignonne, calme-toi..... et viens dire ta prière..... une bonne prière pour papa!.....

Dorlottant, embrassant, berçant sa petite sœur, Claire apaisa quelque peu sa propre souffrance : blessure dont son cœur saignait douloureusement. Ne venait-elle pas de voir partir, seule, désolée, mécontente, sa seconde mère dont l'adieu s'était fait doux et cruel à la fois.....

— Je suis tentée, ma fille, de t'appeler ingrate!..... As-tu donc oublié ce que je suis pour toi?..... Là-bas, les sœurs t'attendent..... que leur dirai-je?.....

Et, dans ce déchirement, cette angoisse de tout son être, Claire l'avait perdue de vue, sa pensée, celle que sa tante tremblait d'approfondir.....

Elle lui revenait en pressant Fanny contre sa poitrine, cette pauvre petite étrange Fanny, à demi sauvage, qui l'avait fuie dès le jour de l'arrivée et maintenant venait se blottir contre elle comme pour la sommer de la défendre et de la protéger à l'avenir.

— Claire ?

— Quoi donc, ma chérie ?.....

— Veux-tu que je dorme à côté de toi ?.....

— Oui, si maman y consent.....

— Maman !..... Maman !..... Je dormirai avec Claire, cette nuit-ci.....

Et Claire, dans l'insomnie de cette nuit pénible, où tous les incidents de la journée s'en revenaient, tristes fantômes, la harceler et l'assombrir, Claire trouva moins d'amertume à sa solitude, puisque sa jeune sœur avait voulu la partager.

Mais Claire avait bien d'autres préoccupations pour le jour suivant, le jour du concours. Dès l'aube, elle avait surpris les allées et venues de son père, qui parcourait sa chambre d'un pas saccadé. Lui non plus n'avait pas dû goûter de repos ; et quand elle aperçut, au matin, ces yeux cernés, ce regard fiévreux et ardent, elle se dit, avec plus de conviction encore que la veille : « Il manquera le concours !..... »

Cette préoccupation n'existait plus pour lui. Un choc avait fait vibrer ses moindres fibres et il planait encore au-dessus du terre-à-terre où le clouaient, depuis tant d'années, les tristesses de sa vie. Artiste dans l'âme, plus enclin qu'un autre à ressentir tous les froissements qui lui étaient de cruelles souffrances, plus qu'un autre, aussi, il se pénétrait des choses exquises rencontrées — bien rarement, hélas ! — sur son chemin. Et quand il s'assit devant le clavier des orgues que ses concurrents avaient fait gronder en de magistrals accords, il oublia tout, jusqu'au désir de vaincre, improvisant, sur le thème sacré, des variations imprévues.

Et Claire, qui attendait dans une anxiété extrême, le vit revenir si blême et si chancelant qu'elle s'élança pour le soutenir. Elle passa son bras sous le sien, il se laissa faire ; elle lui sourit, il eut un sourire, et, se penchant vers elle, il lui baisa le front :

— Clairette..... nous rêvons tous les deux, n'est-ce pas ?

— Non, père, c'est bien la réalité.

— Tu crois, ma fille? Tu me l'affirmes? C'est que..... c'est que..... j'ai la victoire..... et c'est bien à toi que je la dois.

Claire eut un cri, enlaça son père plus étroitement encore et fondit en pleurs.

— Oui..... c'est à toi qu'est dû mon triomphe!..... répétait M. Charton..... C'est à toi..... à toi seule..... que j'ai pensé. C'est toi que j'ai vue..... toi, la radieuse espérance, la foi iné-branlable, la douce charité. Oui, toi, ma Claire, dont la main m'a indiqué la voie dans laquelle jamais..... oh! jamais..... je ne me serais engagé sans un bon ange gardien tel que toi.

Et maintenant, conclut-il avec une autorité, une insistance qu'il n'avait pas montrées la veille, maintenant que tu as pro-curé à ton pauvre père une situation inespérée, un moyen de remonter la pente qu'il descendait, hâtif, d'un pas machinal, tu peux t'éloigner, paisible et satisfaite, avec la conscience d'avoir accompli largement ton devoir filial. Mais nous nous reverrons souvent, ma fille! Tu sais, à présent, le chemin qui conduit ici ; et dans le logis que tu m'as fait conquérir, ta place est marquée..... une place à part!.....

Sa voix tremblait, mais il la raffermit par un violent effort.

— A présent, ma Clairette, reprit M. Charton après un court silence ; à présent, je serai heureux si tu te décides à te marier. Réfléchis bien! Hier, troublé par la présence de ta tante, je n'ai pas insisté comme je l'aurais dû. Mais il en est temps encore! Promets-moi, ma fille, que tu réfléchiras.

Elle promit ce qu'il voulut. Et peut-être se dit-elle, en cet instant, que son père avait raison, puisque la Providence met-tait une embellie dans son ciel. Puis, en la quittant, tante Rose n'avait pas voulu admettre son refus comme étant définitif :

— Je ne te laisserai pas si aisément faire cette sottise, Claire ; d'ailleurs, attends-toi — puisque tu m'y forces — à recevoir une lettre où je te dirai des choses qui te concernent et t'intéressent au plus haut point. Je te les dirais tout de suite si tu étais en ce moment capable de m'entendre, au lieu de te monter la tête comme tu le fais..... Allons, adieu!..... à bientôt, veux-je dire..... Tu sais que, dans huit jours, tu auras vingt et un ans?.....

La lettre arriva, explicite, suivie d'un compte de notaire auquel la jeune fille ne comprit d'abord rien du tout, bien qu'il portât, comme en-tête, un titre suggestif.

Mais, en y regardant de près, la brume des chiffres se dissipa peu à peu et la lumière se fit sur toutes ces additions.....

« Tu remarqueras, chère petite, écrivait la bonne tante, que ton compte de tutelle — grâce à Dieu, encore assez rond! — a été ébréché après la mort de ta mère, au moment du second mariage contre lequel je me suis insurgée. Ah! mon enfant, si je n'avais pas été là, moi et le meilleur des notaires, pour opposer une digue aux envahissements, tu serais, aujourd'hui, ce qu'on nomme une fille sans dot ; et maintenant que ta majorité te fait libre, je te prédis, si tu n'y prends bien garde, que ton avoir s'en ira à vau-l'eau. Je ne veux dire du mal de personne. Tu as vu, de tes yeux, ce que produit le manque d'ordre, l'indolence, même chez les femmes qui viennent de bonne souche et ont reçu une certaine éducation. Comme preuve à l'appui de ce que j'avance, je te citerai la demande que tu m'as faite toi-même, et qui m'a causé tant d'émoi que je suis accourue sans retard ; cette somme de cinq cents francs, prélevée sur ta bourse de jeune fille, est destinée — ne dis pas non! — à éteindre quelques-unes des dettes de ta belle-mère, qui n'a pas changé, loin de là, bien qu'elle ait à elle deux enfants.

» Eh bien! ma Claire, crois en ma vieille expérience, tu sais qu'elle ne te tromperait pas ; tout ce que ton père gagne, tout ce qu'il pourrait gagner, si sa situation s'améliore, se fondra, s'anéantira, sans même laisser de traces, entre les mains inhabiles, incapables, qui ne savent rien retenir. Vois toi-même à quels dangers tu t'exposes en demeurant encore là-bas, par affection pour *lui*, par pitié peut-être pour elle, avec l'illusion de les remettre à flot. Il y a des gens qui ne sont jamais à flot, ma chère, des gens dont la barque s'enlise en dépit de tout et de tous.

» Il faudrait à ces gens-là un mentor, un guide, j'allais dire une nourrice, comme à des enfants nouveau-nés. Ton père — un brave homme! — sera toujours l'artiste vivant d'illusions, sans défiance, et préférant, d'ailleurs, souffrir et se taire que de lutter.

» Elle, sa femme..... je passe, j'en dirais trop ; et quand je songe aux deux enfants, la colère m'étreint le cœur. Tiens, ma Claire, cette fillette blottie sous une table, avec son chat, deviendra, je le jure! toute semblable à sa mère, intelligente, peut-être, mais créée et mise au monde pour faire son propre malheur et celui d'un mari, s'il s'en trouve un sur son chemin. Et son frère, ce Gaby bruyant et mal élevé, qu'une volonté ferme, une tendresse dévouée et constante ne sauront pas maintenir, ce Gaby « tournera mal », selon l'expression populaire, juste et vraie, comme toujours. Je ne parle pas de l'aïeule, pauvre vieille, si vaine de ses ancêtres, bonne à jeter le découragement dans l'âme de son gendre par ses plaintes, ses reproches, son tenace orgueil, si mal placé!.....

» Ah! ma Claire, je sais — et tu n'es pas sans le savoir toi-même — que cette malheureuse femme est incroyante, qu'elle jette une note impie dans ce milieu flottant où de jeunes oreilles sont à l'écoute, aptes à recueillir les moindres mots, les moindres gestes, bien faits pour leur troubler l'esprit et leur fausser le cœur.

» .....Et tu me rendras cette justice, mon enfant, que je me suis tue tant qu'il n'a pas été nécessaire de parler, de t'ouvrir les yeux, de crier gare ; maintenant que ta bonté naturelle, ton inexpérience de toutes choses pourraient t'entraîner à de faux dévouements, à de problématiques devoirs.....

» Une seule solution s'impose : celle de réintégrer, au plus tôt, ton abri naturel, ton vrai foyer de famille, là où t'attendent ta vraie mère, tes vraies sœurs, ton heureux avenir.....

» Mais, à ce propos, ma fille, ne te trouble pas. Je te voulais mariée, parce que je songe à ton bonheur ; si tu désires, comme tu me l'as dit, attendre encore, soit parce que le prétendant ne te plaît pas, soit parce que tu ne te sens, jusqu'alors, nulle vocation pour le mariage, qu'il en soit comme tu le voudras, mon enfant! Tante Rose n'est pas un tyran, tu le sais, en dépit de sa brusque franchise et de son humeur autoritaire. Réfléchis d'abord, Claire ; et réponds-moi. En attendant, je te serre dans mes bras maternels..... »

Claire plaça sur son cœur ces lignes qui lui étaient un nouveau gage de si profonde affection. Tante Rose avait raison de vouloir qu'elle réfléchît, qu'elle ne prît aucun engagement à la légère.

Parfois l'imagination s'emballe et pare le sacrifice de trop belles couleurs ; mais on ne plane pas sans cesse dans les hautes sphères, et, à défaut de chocs sérieux et redoutables, les petits heurts journaliers suffisent parfois à plonger l'âme dans l'infinie tristesse d'où elle s'efforce vainement de sortir. Il faut beaucoup aimer Dieu, l'aimer d'un cœur humble et pur, constant et généreux, pour prendre la voie étroite du complet renoncement ; il faut se blottir en lui, marcher sous son égide, ne point se soucier des regards des hommes et tenir ses yeux fixés vers le ciel.....

Le moment était peu propice, d'ailleurs, pour prendre une décision. Organiser le nouveau logis, afin de quitter au plus tôt le triste troisième qui ne laissait à personne ni regrets ni souvenirs, était un soin dévolu à Claire, seule capable de mener l'entreprise à bonne fin. Les pauvres meubles, vus au grand jour, étalaient piteusement leur détresse ; Mme Charton n'eût songé à rien moins qu'à renouveler, d'un coup, son mobilier.

— Maintenant que Frédéric va gagner beaucoup d'argent, je peux bien acheter, à crédit, des fauteuils?

A crédit? On paye si cher les choses qu'on achète à crédit!

Claire proposa une combinaison plus sage : celle de rajeunir les vieux serviteurs.

— Laissez-moi faire, maman, voulez-vous?

Elle voulait bien ; elle voulait tout ce que voulait Claire, ce qui lui évitait la peine à elle-même de vouloir ; et Claire tailla, faufila des housses de cretonne à fleurs, semblable à la tapisserie du petit parloir. Toutes les bonnes volontés furent requises ; l'aïeule consentit à froncer les volants, tandis que sa fille et Fanny même faisaient les coutures et les ourlets. Grâce à Claire, qui mettait la dernière main à ces chefs-d'œuvre et leur donnait le suprême coup de pouce, on n'éternisa pas ce travail. Ce fut vraiment un jour de joie celui où l'on inaugura le parloir. Toute la famille y pénétra en grande cérémonie : Gaby ouvrant la marche ; Fanny le suivant, radieuse, émue ; Mme Charton et son mari, déjà plus allègre ; enfin, l'aïeule appuyée au bras de la fée qui, d'un coup de sa baguette, avait transformé les anciens décors..... .

— Ce n'est pas encore comme « autrefois », ma petite! du temps que les d'Aigremont étaient bien en cour ; mais c'est un progrès..... un progrès, vraiment!.....

Après s'être occupé des choses, on s'occupa des gens. Tous les coffres de mariage furent ouverts, examinés, sondés en leurs intimes profondeurs ; et de tous les chiffons qui sortirent de l'ombre, on fit aux deux enfants, aux parents même, des vête-

ments nouveaux. L'aiguille de Claire voltigeait sans repos ni
trêve. Les jupes, les *matinées*, les collets, les jaquettes semblaient éclore sous ses doigts ; et, cependant, il lui restait le
temps d'aller prier à l'église et de conduire Gaby à l'école,
matin et soir. Elle avait manœuvré aussi de façon à ce que
Fanny prît régulièrement une leçon de sa mère ; l'horloge de
la paroisse marquait l'heure et il fallait lui obéir. Elle marquait
avec non moins de régularité et d'exactitude le moment des
repas, toujours prêts à l'arrivée de M. Charton.....

Il travaillait tant, l'organiste de Saint-Epvre, non seulement pour rester à la hauteur de sa mission, pour gagner le
pain de sa famille, mais aussi pour l'amour de l'art : et l'instrument sacré lui donnait une impulsion plus haute et plus
noble, guidant son talent vers les hauts sommets. Il n'avait pas
délaissé le violon, mais recevait ses élèves, qu'il ne rougissait
plus de laisser venir chez lui. La situation générale était arrivée
à ce point, lorsque Claire, dont les courtes missives s'étaient
bornées jusque-là à donner de ses nouvelles à sa tante sans lui
parler en rien de ses projets, entreprit enfin d'écrire la réponse
à la lettre qu'elle en avait reçue. C'était un soir d'hiver. Toute
la maison était silencieuse, endormie. L'heure semblait solennelle, et la jeune fille la jugeait ainsi, car elle se recueillit en
elle-même, après s'être agenouillée aux pieds du Christ. Puis
sa main saisit la plume, non sans émotion.....

    « CHÈRE TANTE BIEN-AIMÉE,

» Vous n'accuserez pas votre petite Claire de précipitation,
aujourd'hui que se termine le troisième mois de son séjour ici ;
vous ne direz pas qu'elle obéit à une impulsion irraisonnée, en
vous disant tout ce qu'elle pense, tout ce qu'elle a pensé en
lisant et relisant votre lettre, venue, en quelque sorte, pour
confirmer ses craintes et appuyer ses réflexions. Oui, bonne
tante, votre expérience et votre tendresse ont vu clair ; la situation n'a pas changé, et bien que je ne veuille pas me permettre
de préjuger de l'avenir, je crois qu'elle conservera ses traits
principaux. Toujours, jusqu'à la fin, mon père sera « l'artiste »
qui vit dans un monde à part et s'efforce, inconsciemment,
d'éviter le terre-à-terre qui lui coupe les ailes et le fait souffrir ; ma belle-mère, douce et faible, aura toujours besoin d'un
appui moral ; ses enfants, d'une affection assez éclairée pour

préparer leur avenir ; et la pauvre aïeule, qui a droit au respect des siens, l'obtiendra au prix de certaines conditions, peu
faciles à lui faire remplir.....

» Eh bien, chère tante, voyez vous-même. Qu'est-ce qu'un
triomphe passager, si la victoire finale ne doit pas suivre, et si,
après avoir allégé le fardeau à ceux qu'il écrase, on le laisse
retomber, pesant, sur leurs épaules ? Quel bien leur a-t-on fait,
puisque le vrai bien doit être durable ? Jésus nous a aimés jusqu'à la mort de la croix.....

» Ah! tante, je ne me disais pas ces choses à mon arrivée
ici. L'effroi, le dégoût, la tristesse m'ont inspiré, d'abord, la
pensée de fuir et d'aller oublier un tableau sombre dans la
riante demeure où règnent l'ordre et la paix.....

» J'étais lâche! Je croyais que l'on peut, que l'on doit soi-
même choisir son bonheur ; vous me le montriez, tante, doux
et riant, et vous me disiez : le voilà! Eh bien, non, ce n'était
pas lui, mais son ombre. Mes sœurs d'adoption sauront, elles,
le trouver dans le mariage, et des enfants leur viendront pour
être le but de leur vie. Mes enfants à moi, ceux que Dieu me
donne, ne sont pas des bébés roses et blancs qui essayent leurs
premiers pas sous des yeux ravis ; ils ont meurtri leurs pieds
en parcourant des chemins difficiles et souffert longtemps du
froid et de la faim ; tout chancelants, ils ralentissaient leur
marche, une plainte sur les lèvres, un défi dans les yeux. Et le
tableau que vous me tracez d'eux, tante chérie, est exact bien
que sévère ; il a beaucoup affermi ma décision.....

» Cette décision, vous la connaissez ; je suis sûre que vous
l'approuverez lorsque le temps aura mis un baume sur la blessure de nos cœurs. N'auriez-vous pas été heureuse, si l'appel
divin nous avait fait entrer, l'une ou l'autre, en religion ?.....
Vous vénérez les Sœurs gardes-malades, vous aimez les Ordres
enseignants ; eh bien! bonne tante, bénissez votre novice appe-
lée par le Maître à cumuler ces deux emplois. Ne pleurez pas !
il est là, lui, mon soutien et mon guide, et parmi les épines il
mettra des fleurs.....

» N'ai-je point deux enfants plus jeunes que les autres, ben-
jamins dont l'avenir est confié à mes soins ?..... Et soyez sûre
de mon zèle à modeler ma petite Fanny comme vous avez
modelé Clairette, sa petite mère ; je veux, plus tard, que vous
reconnaissiez en elle le fruit de vos leçons. Il faut que mon

Gaby devienne un homme utile ; il est intelligent, il a bon cœur : à moi de détruire les germes de la première éducation. Et je veux, bonne tante, que vous ne le reconnaissiez plus lorsque vous viendrez me voir! Car vous viendrez, n'est-ce pas? Mes sœurs viendront..... Votre chère présence toujours souhaitée, impatiemment attendue, sera le rayon de soleil de ma vie. Moi aussi, j'irai vous voir, aux vacances, avec mon fils et ma fille ; car si vous voulez la mère, vous voudrez aussi les enfants.....

» Vous dirai-je aussi que tout ce que je fais pour les miens est en mémoire de ma mère à moi, si tôt disparue? Vous m'avez parlé de la bonté de son cœur, de sa piété, de son esprit de dévouement. Elle eût voulu son mari heureux ; n'approuve-t-elle pas sa Clairette de songer à son bonheur?..... Regardez là-haut, tante, et vous la verrez nous sourire plus tendrement encore qu'autrefois. Enfin, une chose aussi me frappe, parce qu'elle est vraie comme la vérité même. Lorsqu'on a des enfants à soi, on sent croître sa propre reconnaissance, redoubler son affection pour les parents qui nous ont élevés, et dont on apprécie mieux alors tout le mérite et l'abnégation. Quand Fanny me résiste, je songe à votre patience ; quand Gaby me peine, je pense à votre bonté. Ah! tante, depuis que je suis mère, je vous aime mille fois plus que jadis!..... »

. . . .

La volonté de Claire prévalut. Bien des larmes, des prières, des appels, essayèrent, durant des mois encore, de battre en brèche sa décision. Et puis tout s'apaisa ; on la vit calme, sereine, heureuse dans l'accomplissement de son devoir que bien des satisfactions intimes vinrent lui alléger.

Les prédictions de tante Rose, exactes en ce qui concernait le caractère spécial de chaque membre de la famille, ne se réalisèrent pas quant à l'inutilité des efforts persévérants de sa nièce pour en atténuer l'inconvénient. M. Charton reprit toute la vigueur de son talent d'artiste, puisque rien ne vint plus arrêter son essor ; sa femme subit si bien l'influence de Claire qu'elle marcha derrière elle, guidée par la douce raison, l'autorité discrète et l'affection sincère de la fille de son mari ; l'aïeule, même, n'osa plus douter d'une religion qui inspire le sacrifice de soi et l'amour du prochain pour l'amour de Dieu. Fanny et Gaby, comme tous les enfants, ne devinrent pas du jour au lendemain des modèles ni des anges. Il fallut saper, sans repos ni trêve, toutes les pousses inutiles, dangereuses, de ces petits sauvageons ; ils eurent des révoltes, mais aussi des repentirs, des promesses, puis des actes qui rachetèrent bien des peines et compensèrent bien des soucis.

Claire vit ses jeunes cousines se marier l'une après l'autre, elle les vit heureuses dans leur époux, dans leurs enfants. Parfois, encore inquiète, tante Rose murmurait, la serrant sur son cœur :

— Tu pourrais encore songer à toi, ma fille ? Tout marche chez ton père ; avec un peu de surveillance, cela continuerait de marcher, et je sais quelqu'un, dans tes idées, qui serait heureux de se mettre sur les rangs.....

Claire souriait. Rien que ce sourire exprimait sa volonté de demeurer ainsi, entièrement libre de se consacrer toute à l'œuvre commencée.

.....Maintenant, elle est âgée, Clairette! Ceux qui ne savent rien de sa vie, de son passé, disent : vieille fille, avec un peu de dédain ; mais elle a été mère, elle l'est toujours, et le dédain du monde ne la touche pas.

De ses enfants, trois sont partis pour un monde meilleur : l'aïeule, la première, réconciliée avec le Dieu que le dévouement lui a fait aimer ; puis son père, la main dans sa main, bénissant la fille chérie, l'ange du foyer ; sa belle-mère, à laquelle sa bonté et sa patience sont arrivées à faire comprendre qu'il y a des lectures coupables et des rêves dangereux......

Souvent, Mme Charton s'écria :

— Il n'y a pas d'héroïne comme Claire dans les romans!.....

— *Surtout* dans les romans, ma pauvre Camille, rectifiait son mari.

Fanny et Gaby, élevés par leur sœur, ont compris aussi ce qu'est le devoir. Fanny partage son temps entre Dieu, les pauvres, la famille ; humble et cachée, elle marche, d'un pas tranquille, sur le chemin de la vie. Gaby est parvenu, grâce à un travail persévérant et aux sacrifices qu'a faits Claire en vue de son avenir, au grade de docteur en médecine ; il a une position assurée, une femme douce et pieuse, des enfants.....

— Mon Dieu, je vous remercie de m'avoir permis d'être grand'mère!..... répète souvent la vieille fille avec bonheur.....

FIN

LE SECRET DE SŒUR DELPHINE

I

— Ma Mère, asseyez-vous sur ce tertre..... Vous êtes épuisée par la longueur du chemin!

— Ah! Cécile, je ne pourrais plus me remettre en route, si j'essayais de prendre du repos.....

La jeune fille étouffa un soupir ; elle-même n'avançait plus qu'avec peine, et sa pitié s'en accroissait pour sa compagne déjà âgée, atteinte par les épreuves successives subies en ces derniers temps.....

Depuis plus d'une semaine, toutes deux marchaient sans relâche, avec le désir suprême d'atteindre Nancy, où elles devaient trouver un abri sûr.

Quel pénible voyage, par ce rude hiver de Lorraine dont la bise glacée transperçait leurs pauvres vêtements! Car la robe noire élimée et la simple pèlerine qu'elles serraient en vain contre leur poitrine n'y retenaient point la chaleur.

Elles n'avaient rien mangé depuis l'aube qu'un peu de pain dû à la charité de la fermière qui avait consenti à leur ouvrir sa grange pour y passer la nuit.....

La tête leur tournait, car la faim plus encore que la fatigue accélérait douloureusement les battements de leur cœur. Oui, si l'aînée des voyageuses avait pris place sur le tertre que désignait Cécile, c'était le sommeil invincible, c'était la mort!

Appuyée plus lourdement au bras de sa compagne, silencieuses toutes deux et toutes deux oppressées, elles parcoururent ainsi quelques centaines de mètres, trébuchant à chaque pas, voyant avec angoisse le jour décroître et le ciel s'obscurcir. Car si la nuit les surprenait en route, que deviendraient-elles, hélas!.....

Les chemins étaient peu sûrs, en pleine période révolutionnaire ; des bandes avinées parcouraient les campagnes, terrorisaient les voyageurs, intimidaient les paysans.....

— Ah!..... ma Mère, que ne sommes-nous enfin à destination.....

A peine achevait-elle ces mots qu'elle poussa un cri de joie. A leur gauche, elle voyait briller une lumière :

— Nous sommes sauvées!

Moins confiante, sa compagne hésitait :

— Rappelle-toi, ma fille, tous les refus que nous avons essuyés durant ce triste pèlerinage!..... Et puis, est-ce bien une maison?..... N'est-ce pas plutôt le falot de quelque voyageur?

— Oh! non..... cela reste immobile..... et j'entrevois comme un jardin aux arbres dénudés..... Permettez-vous que j'approche, que je heurte à la porte qui, peut-être, s'ouvrira pour nous?.....

— Va, ma fille..... que Dieu soit avec toi!

Et tandis que sa compagne s'engageait dans un chemin de traverse, elle s'assit enfin, dans l'attente angoissée du retour. Moins épuisée, elle eût suivi Cécile qu'elle entourait d'une sollicitude inquiète comme fait une mère qui n'a qu'une unique enfant. Au souvenir des autres, dispersées par une rage aveugle, son cœur se brisait.....

Elle n'était pas rassurée, la pauvre fille qui s'en allait ainsi à l'aventure, dans la nuit noire, au risque d'être assaillie par quelque chien de garde ou de tomber dans quelque coupe-gorge dont elle se faisait une vague idée! Jetée sans ressources hors de l'asile sûr où s'était écoulée son enfance, voyant cette mère dont l'âme si forte, si courageuse pourtant, s'abîmait, en quelque sorte, dans la détresse du corps, elle gourmandait sa timidité, se reprochait l'hésitation qui ralentissait son pas, l'effroi croissant qui lui mouillait les tempes d'une fine sueur, car les moindres bruits, les plus légers souffles, loin de se faire rassurants, redoublaient sa crainte.....

— Ce n'est pas pour moi, mais pour *elle!* se répétait Cécile, comprenant le danger mortel que sa compagne courait.

Enfin, tâtonnante, elle toucha de ses mains une porte close et y trouva le marteau d'appel.....

Le bruit qu'il fit en retombant sur le battant de chêne éveilla tous les échos. Mais des minutes semblables à des siècles s'écoulèrent avant qu'une fenêtre s'ouvrît à l'étage supérieur :

— Qui va là ?.....

— Une voyageuse épuisée de fatigue et qui demande, par pitié, un gîte pour la nuit.....

Tout d'abord, cette supplique resta sans réponse ; à l'intérieur du logis on parlementait. Soudain, le rayon perçant d'une lanterne sourde vint éblouir Cécile en éclairant ses traits.....

Sa jeunesse, sa pâleur, la simplicité de sa mise eussent pu plaider en sa faveur ; mais une voix furieuse l'invectiva, comme si l'on eût pénétré le mystère qui l'enveloppait :

— Quelle audace !..... Va-t'en bien vite, si tu ne veux pas être envoyée à Nantes ou à Lyon !.....

La pauvrette eut un sursaut, un cri étouffé en apercevant celui qui parlait ainsi sans pitié pour sa détresse, menaçant au lieu de compatir. Et c'était un visage cruel où la lumière mettait un reflet diabolique : Satan en personne n'eût pas eu un rictus plus féroce devant la proie offerte à ses regards.....

Déjà elle avait repris sa course, redoutant qu'il ne se mît à sa poursuite, et rejoignit la malheureuse Mère qui n'eût pu le fuir. Elle la trouva toujours assise, engourdie par le froid piquant de cette nuit d'hiver, et, lui saisissant le bras, elle l'aida à se remettre debout :

— Ce sont de méchantes gens qui habitent là !..... Ils crient, ils insultent !..... Partons, hâtons-nous !..... Mieux vaudrait rester sur la route que de pénétrer sous un pareil toit.....

Un faible gémissement fut la seule réponse qu'obtint Cécile.

Elle pensa avec une profonde amertume :

— Pauvre Mère !..... C'est donc un crime d'avoir passé sa vie à prier Dieu, à servir les pauvres, à instruire les enfants ?..... Partout où on l'a devinée, pressentie, les portes se sont closes !..... Et après tant de périls, si près du terme de notre voyage, nous devrons mourir ?

On eût dit que sa compagne la devinait ; car, s'arrêtant de marcher, elle dit, presque bas :

— Je ne puis plus !..... Oui, c'est la mort.....

— Ma mère, je vous en conjure, encore un effort, un seul ?

— Il m'est impossible !..... Laisse-moi, Cécile..... Toi, tu peux être sauvée..... Continue ton chemin..... Va, mon enfant !

— Oh!..... ma Mère!..... Jamais..... non, jamais je ne vous abandonnerai : ce serait infâme!..... Vous qui m'avez recueillie toute petite, orpheline, et soignée si longtemps avec amour, je vous montrerais une telle gratitude?..... Nous succomberons ensemble ou nous serons sauvées toutes les deux.....

— Tu dois te soumettre!..... Est-ce à toi de décider ce qu'il est bon de faire?..... Va seule : je le veux!.....

Les sanglots de Cécile faisaient écho à la voix de plus en plus défaillante, mais qui gardait néanmoins un ton d'autorité. Comment résister à l'ordre, comment lui obéir?..... Éperdue, la jeune fille feignit de s'éloigner, bien résolue à demeurer là, et priant Dieu de les prendre en pitié.....

Elle avait cru boire jusqu'à la lie la coupe d'amertume, le jour néfaste où une troupe de sbires avaient franchi les murs du couvent, bafoué les religieuses à l'entour de la Mère, au pied de l'autel ; et voici qu'elle souffrait plus encore qu'à l'heure où la sainte cohorte s'était dispersée, ne sachant point même vers quel horizon elle prendrait son vol.

Certaines, les plus favorisées, avaient quelque parent, quelque ami sûr dont elles espéraient aide et soutien tant que sévirait la tourmente ; cet espoir s'était-il réalisé?.....

Et, seule avec la supérieure, Cécile, déjà novice, avait pris à sa suite le chemin de Nancy.

Là résidait le frère aîné de la religieuse ; il lui portait la tendresse d'un père, recevait en échange une filiale affection. Ayant approuvé la vocation de sa sœur, il supportait avec résignation de vivre séparé d'elle et assurait, de son côté, un trésor de bonnes œuvres, le seul qu'on puisse emporter là-haut. De loin en loin, il allait la visiter dans le cloître, d'où elle croyait ne jamais sortir.

— Vous avez choisi la meilleure part! lui disait-il en voyant la paix profonde dont elle jouissait par faveur du ciel. Confiant en sa vertu, en sa sagesse, il ne s'était point effrayé de lui voir prendre en main la direction du couvent. A la vérité, il est plus difficile de commander que d'obéir, mais la grâce n'est-elle pas donnée à qui l'implore pour remplir son devoir?

Les préludes de la Révolution n'avaient point troublé la quiétude de la maison de prière ; les bruits du siècle s'amortissent contre les hautes murailles et les pénètrent difficilement ; aussi, lorsque la foudre éclata, le désarroi fut-il complet.

D'un message envoyé à son frère, la supérieure l'avertissait de son arrivée, le prévenait de l'itinéraire qu'elle allait suivre, pensant bien qu'il s'empresserait à sa rencontre, en vue de son profond dénuement......

Et c'est ainsi qu'elle s'était mise en route avec la plus jeune des novices, croyant à chaque étape rencontrer M. Bernard.

Quel douloureux voyage! S'en aller par des routes que balayait le vent d'hiver, ou que ravinait une pluie glacée, voir diminuer ses faibles ressources, jusqu'au jour où il avait fallu implorer la charité...... Les deux voyageuses, si près du but, désespéraient maintenant de l'atteindre jamais.

Les grelots d'un attelage tintèrent dans le lointain, et un point lumineux se rapprocha de l'endroit où la Mère et la fille gisaient, anéanties.

Cécile, soudain ranimée par un subit espoir, s'élança au milieu de la route en agitant les bras. Le cheval, pris de peur, fit un brusque écart, tandis qu'une voix rude gourmandait, et que se dressait le fouet menaçant......

— Qui est là?.....

— Pitié!..... deux pauvres femmes qui vont à Nancy.....

Le voiturier hésita. Au lieu de répondre à la requête, n'allait-il pas enlever sa bête et passer outre sans prêter secours?

La prudence, sans doute, le lui conseillait. Les chemins offraient mille embûches dont il fallait se garer. Chaque jour, la chronique mentionnait des attaques à main armée dont étaient victimes les trop confiants voyageurs ; et parfois même les agresseurs prenaient des habits féminins, un ton flûté pour attendrir ceux qu'ils détroussaient ensuite avec barbarie......

— Au large!..... clama-t-il.

Mais, au risque de voir l'attelage lui passer sur le corps, elle demeurait là, implorante :

— Si vous nous repoussez, ma Mère va mourir!.....

— Les mains en l'air! ordonna-t-il, et approchez-vous, qu'on vous voie?.....

Les deux ombres falotes, dont l'une se soutenait à peine, calmèrent sans doute ses terreurs :

— Allons....., montez...... et dépêchons-nous!.....

Cécile, la première, gravit le marchepied et hissa la religieuse dans le char à bancs. L'homme leur jeta une peau de mouton et rendit les rênes à son cheval.

Chemin faisant, il interrogea. Comment se trouvaient-elles, si tard, par ce froid piquant, sur la route ?

Ne craignaient-elles ni l'hiver ni les rôdeurs ?..... Ne savaient-elles pas aussi que les portes de la ville se fermaient à la nuit tombante, et qu'il leur serait impossible d'entrer à Nancy ?

Cécile répondait au nom de sa compagne, trop épuisée pour prononcer un mot. Trompées par une fausse indication, elles avaient cru être plus proches de la cité, tandis qu'elles se rendaient compte à cette heure de son éloignement.....

— Oui!..... une petite lieue encore ; moi, je m'arrête à Jarville ; je loge chez le patron.....

Elle s'enhardit. Cet homme, en dépit de sa rudesse, n'était pas sans pitié :

— Pourrait-on, par charité chrétienne, nous donner, dans un grenier quelconque, une toute petite place ?..... Cette bonne action porterait bonheur!.....

Il hésita de nouveau. La charité « chrétienne » qu'invoquait cette fille lui inspirait de nouveau méfiance : c'était une chose démodée, qui n'avait plus cours.....

— Vous êtes, j'en jurerais, des aristocrates.....

— Nous, grand Dieu!

— Inutile de nier. D'ailleurs, c'est votre affaire et je ne vous livrerai pas. Mais mon patron est un patriote qui n'entend pas raillerie. Rien qu'à votre figure, il saura à qui il a affaire, et, ma foi!..... Tenez, n'y allez pas!.....

— Où aller, alors ?..... Indiquez-nous un refuge ?..... Je vous l'ai dit : ma Mère meurt de fatigue, de froid, de faim.....

— Un refuge..... un refuge..... Les gens ne veulent pas héberger des inconnues!..... Mais, tenez, voici Jarville ; à votre gauche, il y a un bâtiment qui servait de four à chaux..... Attendez-y le jour.....

Sans se soucier d'un acquiescement, il arrêtait l'attelage ; n'insistant pas davantage, elles descendirent, et cette douceur le toucha.

— Dame! vous savez, c'est par force!..... Tournez à gauche ; vous touchez la muraille..... Voici du pain..... bonsoir!

Elles remercièrent ; ne leur avait-il pas sauvé la vie en les recevant dans son char à bancs ?

— Dieu vous le rende, brave homme!..... Nous prierons pour vous.....

— Encore?..... pensa-t-il ; mais leur bon Dieu à elles n'est plus celui d'aujourd'hui..... Lequel vaut le mieux des deux?...

Il ne conclut pas et s'en alla, non peut-être sans une sorte de remords, car ces « aristocrates » lui inspiraient quelque pitié.

— Chacun pour soi, après tout, par le temps qui court!

Les jambes raidies par le froid de plus en plus intense, elles s'engagèrent, en trébuchant, sous un portail en ruines et aperçurent, à la clarté de la lune qui perçait le nuage, une sorte de hangar clos de trois côtés.....

Le lieu était sinistre ; peut-être le grand chemin était-il plus sûr que ce refuge ténébreux?

— Dieu est partout! murmura la Mère en serrant le bras de Cécile de plus près.

Elles n'allèrent pas plus loin que le seuil, et, tombant sur la terre nue, elles s'adossèrent à un pilier. Là, muettes, retenant leur souffle, plongées de nouveau dans l'ombre épaisse qu'un nouveau nuage leur créait, elles se blottirent l'une contre l'autre dans l'attente de l'interminable nuit.

— Mangez un peu, ma Mère..... conseillait, bien bas, Cécile en lui glissant un morceau de pain dans la main.

Elle aussi, poussée par une faim impérieuse, tentait d'entamer une croûte durcie qui résistait à la dent.....

Soudain, elle frémit de tous ses membres :

— Ma Mère, avez-vous entendu?

Une simple pression sur l'épaule lui imposa silence ; le bruit d'un souffle leur était parvenu, distinct, de l'extrémité du hangar. Un être vivant s'abritait sous ce même toit ; quel était-il? Une seconde d'angoisse les tint en haleine, jusqu'à ce qu'un ronflement sonore fixât leur crainte en leur dénonçant quelque vagabond.....

Protégées par la nuit, clouées à cette même place où elles n'osaient plus ni échanger un mot ni faire un mouvement, elles luttaient contre le sommeil qui s'en venait les assiéger en dépit de leur triste situation. Car il leur fallait fuir ce refuge dès la fine pointe de l'aube qui leur permettrait seule de diriger leurs pas. C'était miracle qu'à l'arrivée, parmi ces décombres, elles n'eussent point réveillé le dormeur ; mais en serait-il de même, au matin, malgré les précautions dont elles useraient?

Lorsque les ténèbres blanchirent, elles jugèrent l'instant

venu, se dressèrent toutes chancelantes, et, à pas légers, se hâtèrent de passer le seuil.....

— Ma Mère!..... Il nous voit.....

Cécile avait aperçu un homme, qui les regardait :

D'un ton grossier, il les interpella :

— Hé?..... les hirondelles?..... Déjà hors du nid?.....

Le cœur battant, elles fuyaient ; il les poursuivit ; mais l'avance qu'elles avaient prise mettait une distance assez grande entre elles et l'homme pour qu'elles pussent atteindre à la première maison de Jarville endormi.

Oh! bonheur! la porte en était entr'ouverte comme pour les inviter à y entrer ; elles s'engouffrèrent dans l'étroit corridor où la nuit régnait profonde, mais elles perdirent pied et, ensemble, tombèrent dans un sous-sol. Etourdies par la chute, elles reprirent néanmoins bientôt conscience de leur situation :

— Ma Mère? Etes-vous blessée?

— Et toi, pauvre petite, n'as-tu pas de mal?

A part des meurtrissures, rien de grave ne résultait d'un accident qui eût pu être mortel. Mais leurs voix avaient été entendues, et un cri s'éleva, très perçant :

— Au voleur!..... Au voleur!.....

Bientôt, tout le quartier fut en rumeur : les voisins et voisines accouraient au saut du lit, arrachés au sommeil et se jugeant peut-être en plein cauchemar.

Aussi les propos les plus extravagants se croisaient-ils, sans même attendre de réponse, parmi ces gens affolés.

— Des voleurs!.....

— Des bandits!

— Pris dans la souricière!.....

— Qu'on les brûle comme des rats!

— Qu'on les noie!.....

— L'échafaud serait trop doux pour eux.....

— Ils ont menacé de mort Claude et Claudine!.....

— Vengeons-les!..... Sus aux bandits!.....

Toutes armes semblaient bonnes : pincettes, pelles à feu, balais, fourches même. La troupe grossissante vociférait, lorsque Claude, qu'était allé quérir Claudine, se fraya passage et somma les malfaiteurs de se rendre à merci.

Il descendait en même temps sa lanterne au bout d'une corde pour éclairer la situation.

— Des femmes, sapristi!.....

— Oui, rien que deux pauvres femmes qui cherchaient un refuge, poursuivies sur la route par quelque vagabond, et qui sont tombées là, sans voir le trou béant.....

L'explication, si simple, soulevait des murmures ; on avait trop exagéré les choses pour les remettre si vite au point :

— Ah!..... ils sont habiles, les filous.....

— Ils ont pris une jupe pour se déguiser.....

— Qu'est-ce qu'ils faisaient la nuit, sur la route?

— Ne t'en laisse pas conter, Claude, ou il t'en cuira.....

Soudain, une voix couvrit les autres :

— Parbleu!..... Ce sont elles..... mes voyageuses d'hier.

Et, toujours rude, mais sincère, le voiturier narra l'aventure survenue la veille, à la noire nuit :

— ..... Et je les ai débarquées, les pauvres, devant le four à chaux : triste hôtellerie!.....

Il se repentait maintenant de son insouciance. Ne savait-il pas que l'abri qu'il leur indiquait était mal hanté?

Heureuses encore de s'en être tirées à bon compte, puisque leur chute dans la cave ne les avait point blessées.....

— Or ça, vous autres, laissez aller ces femmes..... Elles vont à Nancy.....

— Hum! Qu'y vont-elles faire?

— Peu nous importe.....

— Oh! oh! si elles conspirent contre la nation!.....

— Chez qui logeront-elles?.....

— Chez mon frère, M. Bernard.

— Il n'y a plus de *Monsieur*, citoyenne!..... Ta façon de parler est celle des ci-devant.....

Cependant, accrochant l'échelle au rebord de la trappe, Claude cria, d'une voix de stentor :

— Allons, morbleu, sortez d'ici!.....

Et la foule encore agressive s'écarta néanmoins sur le passage des deux femmes, les poursuivant de quolibets et de huées.

II

Elles se hâtaient sous la pluie fine qui se transformait en verglas sur le sol. A l'extrémité de Jarville, elles s'arrêtèrent près de l'église qui sépare ce village de Nancy :

— Notre-Dame de Bonsecours! murmura la Mère en s'approchant de la grille qui y donne accès.

— Il y a trente ans, reprit-elle, je suis venue y prier pour la dernière fois avant d'entrer en religion..... J'avais bien cru ne jamais la revoir.....

Hélas! comment le revoyait-elle, ce sanctuaire béni. Bien qu'elle ne sût point encore toutes les profanations qu'il avait subies, elle pressentait bien des tristesses en le voyant clos, silencieux comme les tombeaux renfermés dans le chœur. Et les tombeaux étaient vides, à présent, des corps qu'ils renfermaient, ceux de Stanislas le bienfaisant et de sa femme Catherine, que la rage populaire n'avait pas respectés. Sur l'autel, la déesse Raison prenait place aux jours de fête, mais la Vierge immaculée avait disparu.....

L'interminable faubourg vit passer les humbles voyageuses, l'une courbée à demi sous ses vêtements noirs alourdis par l'humidité, l'autre toute jeune avec un doux et pâle visage qu'encadrait le petit bonnet blanc sous lequel se cachaient ses cheveux blonds.

— Courage, ma Mère!..... Notre dure étape va finir.....

— Dieu le veuille, Cécile, et qu'il me pardonne de trembler. Comment vais-je trouver mon frère? Parfois une crainte affreuse m'assiège à son sujet..... Mon âme s'élance vers lui et se heurte à un rempart.....

— Ces hallucinations viennent d'un état de faiblesse..... Le froid, la faim, la fatigue et les épreuves, sans nombre subies durant la route vous ont éprouvée à ce point que la joie semble ne plus jamais faire battre votre cœur. Mais espérez, ma Mère, reprenez courage et confiance..... Voyez, nous approchons de la porte Saint-Nicolas.....

Semblable à une noire et massive forteresse que gardait un soldat, l'arme au bras, elle venait de s'ouvrir, et les charrettes défilaient une à une, bruyamment, sur les pavés inégaux, tandis que les piétons circulaient, affairés.

— Quel brouhaha! murmuraient les deux femmes, peu faites aux bruits d'une cité.

Et il fallait avoir passé sa vie dans le silence du cloître pour accuser Nancy de trop d'animation. En ce temps-là, c'était comme une ville morte et l'herbe croissait dans bon nombre de rues.

Toutefois, la religieuse reconnaissait ce quartier si proche de celui où s'élevait la maison familiale. Elle désignait à Cécile tel et tel monument, lui nommait telle église, hélas! désaffectée.

— Dépêchons-nous, ma fille!..... J'ai hâte de revoir la vieille façade grise dont les fenêtres au rez-de-chaussée sont barraudées de fer..... Je l'ai visitée bien souvent en rêve, depuis plus de trente ans!..... Puisse-t-elle n'avoir pas changé! Sa porte haute et étroite est surmontée d'une niche où s'abrite saint Michel archange, patron des marchands. Mon père a fait long-temps le commerce de broderies, et les marches un peu usées qui débordent sur la chaussée ont été franchies par bien des clients.....

Ces souvenirs mettaient une teinte rosée aux joues amaigries de la religieuse et ses yeux brillaient d'un subit éclat.

— Voici la rue de la Hache, Cécile!..... *Notre* rue, où est *notre* maison!..... Par ici, tournons à droite!..... Il faut la descendre en entier ; dans le haut, tout fourmille, mais le bas est calme comme un couvent.....

Un soupir ponctua la phrase. Cher couvent qu'il lui avait fallu délaisser!.....

Elle reprenait :

— Toi qui as de bons yeux, tu peux maintenant l'apercevoir. Vois-tu la porte haute..... les marches qui avancent?..... Vois-tu l'archange dont le pied écrase le cou du dragon?.....

Cécile voyait une maison grise à l'aspect morne comme celui des demeures abandonnées, et sa voix s'arrêtait dans sa gorge tandis qu'un trouble profond envahissait son cœur.....

Mais pourquoi préjuger? Tant de fois elle avait redit : Ayons confiance! Et la confiance l'abandonnait sans qu'une certitude fût venue la frapper?

La Mère, toute à son émotion, gravissait maintenant ces marches rendues glissantes par le verglas. Elle-même voulut soulever le marteau et elle le laissa retomber par trois fois :

— Une habitude datant de mon enfance!....., A ces trois coups, on devinait qui frappait.....

L'écho de la rue déserte les avait répétés, affaiblis, mais tout restait muet à l'intérieur.

De nouveau elle frappa ; sa main tremblait. Comme elle prêtait l'oreille, anxieuse, une fenêtre s'ouvrit, en face :

— Inutile d'attendre, pauvres dames ; le bon Monsieur est parti..... On l'a emmené en prison.....

Ces derniers mots, prononcés à voix presque basse, furent néanmoins entendus, et tandis que Cécile étouffait un cri d'angoisse, la Mère, sans une plainte, s'abattit sur les marches et ferma les yeux.....

— Morte!..... Elle est morte!..... Au secours!.....

Elle se penchait, affolée, vers le visage livide d'où semblait, en effet, s'être retirée la vie.

Une femme à l'air compatissant s'approcha d'elle.

— Excusez-moi d'avoir parlé..... Savais-je lui porter un coup pareil?.....

— Non, sans doute..... Ah! prêtez-moi votre aide..... Nous venions ici chercher un abri, et nous ne savons plus où aller.....

La femme, très robuste, souleva dans ses bras le corps inerte et traversa la rue, suivie de Cécile en pleurs.

— Poussez la porte, je vous prie ; nous sommes chez moi.....

C'était une modeste chambre d'ouvrière où le seul luxe consistait en une extrême propreté.

— Ce n'est pas beau ici, reprit-elle ; vous auriez eu vos aises chez le pauvre Monsieur..... Mais ce que j'offre, c'est de bon cœur.....

Elle avait ouvert les volets d'une alcôve et déposé sur le lit blanc la Mère évanouie.

— Elle est glacée!..... Réchauffons-la tout d'abord.

Des briques chauffées dans le petit poêle de fonte, où brûlait un bon feu, furent placées aux pieds de la malade, puis on lui fit respirer du vinaigre, tandis qu'on lui frappait dans les mains.

Ce fut long, très long avant de la rappeler à elle, et encore son regard vague restait-il comme inconscient.

— Faut-il quérir le docteur?

Hélas! l'interrogation se faisait timide. Qui le payerait, le médecin?

Cécile comprit et soupira plus fort.

— La chaleur lui revient, murmura-t-elle, mais elle a faim aussi..... Et si vous aviez un peu de bouillon.....

— Oui, et c'est bien tombé, car mon garde-manger n'est pas fourni d'habitude..... La vie est dure, plus encore qu'autrefois, quand on n'a que ses doigts pour subsister.....

Entre les lèvres closes de la Mère, Cécile s'efforça de glisser un peu de ce bouillon qu'elle avait fait tiédir.

— Elle avale..... voyez..... Allons, ma fille, séchez vos larmes ; nous la tirerons de là, et il ne faut pas qu'elle vous voie ainsi pleurer.....

— C'est vrai..... Je dois garder mes forces, mon courage. Pauvre Mère, elle n'a plus que moi.....

Les yeux s'étaient refermés, et la respiration, devenue égale, révélait le sommeil.

— Elle dort..... Laissons-la reposer.....

Puis, frappée d'une idée subite :

— Vous aussi, ma fille, devez avoir faim?

Cécile rougit jusqu'au front.

— Oh! n'ayez pas honte..... Je sais ce que c'est, allez!..... Et, sans ce bon M. Bernard, où serais-je à présent?

L'humble femme s'empressait, un peu loquace :

— Ce ne sont pas des mets distingués que j'ai à vous offrir : du pain seulement et du fromage..... Je voudrais faire mieux.....

Elle parlait avec une sorte de déférence, devinant sous la pauvreté de la mise un rang supérieur au sien, car elle hésitait à prendre place à la même table, et il fallut que Cécile l'exigeât.

— Vous êtes des dames, ça se voit tout de suite à la tenue, au langage..... Moi, je fais des travaux de couture pour un magasin..... Et c'est encore M. Bernard qui m'a procuré ce travail. Ah! le pauvre cher Monsieur, quel malheur qu'il soit arrêté.....

— Pourquoi l'a-t-on fait?..... Le savez-vous?.....

Elle branla la tête et baissa le ton :

— Depuis longtemps, on avait l'œil sur lui ; pourtant il ne recevait que des pauvres, des infirmes, auxquels il donnait du pain..... Moi, qui lui étais reconnaissante de m'avoir assistée pendant ma maladie, je m'étais permis de l'avertir : « Que Monsieur se méfie!..... Je vois des hommes, le soir, qui regardent son logis et se parlent tout bas..... » Il souriait : « Euphrosyne, rappelez-vous que, en ce monde, rien n'arrive que par la volonté de Dieu!..... — Je le sais, mais Notre-Seigneur lui-même se garait des Juifs qui le cherchaient pour l'emprisonner..... » Alors, il riait tout à fait et me frappait sur l'épaule : « Vous lisez l'Evangile, c'est bien, cela ; tranquillisez-vous donc, ma bonne, à mon endroit..... » Je crois donc qu'il prenait des précautions. Et puis la maison a deux entrées, l'une vis-à-vis, rue de la Hache, l'autre sur la rue Saint-Nicolas. Mais parfois, un peu avant la catastrophe, on entendait chez lui des chants d'enfants.

Elle se recueillit, le front dans la main. Evidemment, il lui était pénible d'évoquer ces souvenirs. Néanmoins, les yeux de Cécile, humides de larmes, ses mains jointes, l'attention qu'elle lui prêtait la firent triompher de ce sentiment. De plus, ne s'étant jamais confiée à personne, il lui semblait parfois que ce secret l'étouffait. Donc, elle reprit avec émotion :

— Tant que je vivrai, je me souviendrai de cette nuit-là..... Pour terminer un ouvrage pressé, j'avais veillé tard et remarqué, derrière les persiennes closes de sa demeure, de minces filets de lumière qui ne s'éteignaient point..... Minuit sonnait. Ma lampe, faute d'huile, s'éteignit tout à coup, et j'allais gagner mon lit, à tâtons, lorsque j'entendis heurter violemment à sa porte d'entrée : « Au nom de la loi!..... » Mon sang ne fit qu'un tour. Tremblant de pitié autant que d'effroi, je demeurai là, près de ma fenêtre, et je vis que la maison de M. Bernard était cernée, que la porte en était ouverte, livrant passage aux commissaires qui arrêtent les suspects..... Oh! ce ne fut pas long. Dans une pièce du rez-de-chaussée transformée en chapelle, un prêtre officiait, et l'assistance se composait de six premiers communiants. Les pauvres petits quittaient la sainte Table ; ils se mirent à pleurer et on les chassa brutalement tandis que la messe finissait : *Ite missa est.....* A peine le temps fut-il laissé au prêtre pour dépouiller l'ornement sacerdotal. Je le vis s'avancer entre deux porteurs de falots, courbé par l'âge, les cheveux tout blancs, mais calme et muet. M. Bernard venait à sa suite. On eût dit qu'il m'entendait gémir, car il regarda par ici, puis s'en alla de son pas égal à la suite des bandits..... Oui, des bandits, appuya l'ouvrière, serrant le poing. Qu'en ont-ils fait, ainsi que du prêtre? La nation est donc bien malade qu'il lui faut, pour être sauvée, du sang de vieillards?..... Ce ne sont pas ceux-là, qui se disent nos frères, qui donneront du pain aux pauvres, visiteront les infirmes, instruiront les enfants!

Soudain, elle se tut, effrayée. Un sanglot venant des profon=

deurs de l'alcôve lui apprenait que ses paroles avaient été entendues.

Et déjà Cécile avait volé jusqu'au lit de la Mère, mêlait des pleurs à ses pleurs. Elles coulèrent avec abondance, ces larmes que la jeune fille redoutait lui être fatales et qui soulagèrent, au contraire, le cœur oppressé.....

Le noble exemple que lui léguait son frère agissait comme un baume souverain sur son âme inquiète, et le corps affaissé se relevait avec le désir ardent de combattre, lui aussi, le bon combat.....

En quittant les religieuses au seuil du cloître, n'avait-elle pas dit :

— Ayez confiance, mes filles, nous nous reverrons un jour!

Et elle voulait vivre pour ce revoir, fût-il bien lointain encore, vivre pour les assister, les consoler comme Dieu lui en donnerait le moyen.....

Assise sur le lit, elle tendit les deux mains à l'ouvrière qui l'avait secourue et la remercia de son dévouement. Puis elle voulut que Cécile l'aidât à se remettre debout, lui prêtât un appui pour essayer ses forces afin de reprendre sa route dès le même soir.

Effrayée, la jeune fille eut un cri d'angoisse :

— Ma Mère, où irons-nous?

— Hors de ce pauvre pays de France qu'on terrorise. Ne sommes-nous pas des proscrites pouvant causer la mort de ceux qui ont pitié de nous?

Euphrosyne gardait un douloureux silence. Peut-être s'effrayait-elle du danger qu'elle courait en hébergeant « des aristocrates », comme elle persistait à nommer tous bas les deux inconnues :

— Ah! dit-elle timidement, si M. Bernard était là, il pourrait, lui, ce que je ne peux pas.....

— Si M. Bernard était là, ma bonne, il vous témoignerait sa profonde gratitude pour les soins que vous avez donnés à sa sœur.....

Euphrosyne eut un cri et leva ses deux mains vers le ciel :

— Sa sœur!..... Vous êtes la sœur de M. Bernard? La supérieure du couvent où il allait de temps à autre, afin, disait-il, de prendre un avant-goût du ciel!.....

Et, devenue aussi ferme qu'elle était hésitante tout à l'heure, l'humble ouvrière s'écria :

— Ma Mère, je vous garde, vous ne partirez pas!

Un combat de générosité se livra alors entre les deux femmes. A tous les arguments, fussent-ils terrifiants pour elle, Euphrosine n'avait qu'une réponse, toujours semblable :

— Je ne jetterai pas à la rue la sœur de M. Bernard. Pour franchir ma porte, elle devra passer sur mon corps.

Oh! je sais bien, avoua l'ouvrière, que mon logis, si exigu, est misérable..... Et si vous aviez le choix entre celui-ci et un autre plus spacieux, je serais la première à vous y laisser aller..... Mais vous ne l'avez pas, ce choix, au contraire..... Hors d'ici, c'est l'inconnu, le danger, peut-être la mort.....

— Et si l'on est déjà sur nos traces?..... Car ce matin des gens hostiles nous ont menacées.....

— On leur tiendra tête, ma Mère!..... Au besoin, l'on rusera..... Prenez mes habits, et nous sommes trois sœurs.....

L'idée la fit sourire.

— C'est vrai que nous ne nous ressemblons pas, mais à cela ne tienne!..... Vous n'avez rien non plus des traits de M. Bernard, si ce n'est son air comme il faut: Eh bien! Euphrosyne fera ce qu'elle pourra pour vous faire honneur.....

Ce propos naïf parut des plus touchants.

— Vous avez la vraie noblesse, ma bonne, celle du cœur!..... Maintenant, je dois aussi vous nommer Cécile, ou plutôt vous apprendre qu'elle prenait le voile des novices lorsque nous fûmes chassées du couvent.....

— Ah! je m'en doutais. Sous son bonnet blanc, elle ressemble à une sainte de vitrail.....

— Ne la flattez pas!

— Je m'en garderais, et les compliments ne sont pas mon fait, allez!.....

Ces menus propos les avaient distraites un instant, mais un grave souci restait à la Mère, et elle voulut tout de suite s'en expliquer :

— Vous nous offrez l'abri, Euphrosyne, mais il faudra vivre. Comment vivrons-nous?

— J'y pensais. Cécile pourrait-elle m'aider à coudre?..... Voyez ce que je fais.

Elle montrait une pile de draps de belle toile bise dont il fallait faire les ourlets d'un point de piqûre bien régulier :

— C'est pour un trousseau : la fille d'un marchand qui va épouser un notaire de Nancy. On me presse de finir......

Déjà Cécile avait déployé l'une des pièces de toile, désireuse de se mettre à l'œuvre sans retard. Elle était habile à ce genre de travail, auquel la Sœur de l'ouvroir l'avait initiée vers l'âge de quatorze ans, pensant que la couture pourrait être un gagne-pain à l'orpheline quand elle quitterait le couvent. Mais la vocation lui était venue, désir ardent de consacrer à Dieu sa vie entière et de ne point se séparer de la Mère bien-aimée.

— Voyez, lui dit-elle, comme vous avez été bonne de tout prévoir. Je n'étais guère portée au travail manuel, mais vous m'y avez forcée en m'en faisant un devoir rigoureux. Si toutes les mères élevaient ainsi leurs filles, lorsque vient l'infortune seraient-elles si désemparées ?

— Oui, Cécile a raison...... Je sais, à Nancy même, des femmes jadis très riches et que la Révolution a complètement ruinées. Elles ont reçu une éducation dont nous, les ouvrières, n'avons pas idée ; mais elles ne savent rien d'utile, pour la plupart......

Et elle conta que M. Bernard avait donné du pain à l'une des plus brillantes d'entre ces femmes dont on citait auparavant la grâce et la beauté.

— Elle dansait à miracle, jouait du clavecin, s'habillait avec art et se jugeait bien pourvue pour traverser gaiement la vie. J'ai entendu dire qu'elle est parvenue à émigrer ; seulement, ailleurs comme ici, peut-on tirer sa subsistance de tout cela ?

L'humble ouvrière était dans le vrai, et la Mère l'approuva hautement. Le problème du travail des femmes l'avait souvent préoccupée, et c'était l'un de ses mérites d'éducatrice d'en avoir cherché la solution, rompant ainsi avec son époque, dont la classe élevée jugeait indigne de ses filles toute besogne merce-naire, dût-elle assurer leur avenir.

Il est vrai que l'avenir s'offrait à elles sans nuages. Combien, jusqu'à l'heure où la foudre éclata, n'avaient rien deviné de l'orage prêt à fondre sur le pays ! On marchait à l'aveuglette, chantant et dansant sur le sol déjà ébranlé par de sourdes rumeurs.

— Moi aussi, dit-elle avec quelque fierté, je vais coudre, et j'ai fait autrefois, sous l'œil de ma mère, des ouvrages que le commerce eût acceptés. A nous trois, nous pourrons, si Dieu le veut, nous tirer d'affaire. Ainsi que Cécile, je veux commencer sans retard.....

Personne ne protesta. On eût pu alléguer l'état de faiblesse où elle se trouvait encore pour lui imposer le repos au moins pendant cette journée. Mais, plus que les larmes, le travail contribue à calmer l'esprit, à soulager le cœur.....

La meilleure place lui fut réservée, tout près de la fenêtre ; de là, lorsqu'elle levait les regards, elle pouvait contempler la maison chère dont la vue seule, bien que navrante, la réconfortait par de hauts enseignements.

Là, toute une lignée de chrétiens s'étaient succédé, obscurément militants, marchant sans peur et sans reproches dans la voie étroite qui aboutit là-haut. Placée dans des circonstances plus difficiles peut-être, mais non moins périlleuses, l'exilée du cloître ne faiblirait pas. N'était-ce point afin de lui remettre sous les yeux la voie suivie par les siens, en particulier par son frère, que la Providence l'avait conduite si près de son berceau?.....

III

Les trois femmes travaillèrent avec ardeur jusqu'au samedi suivant, jour où Euphrosyne devait reporter l'ouvrage, et ce fut avec une satisfaction légitime qu'elles le vérifièrent, le jugeant sans défaut.

Semblable à la laitière de la fable, l'humble femme avait fait de beaux projets :

— Je rapporterai un morceau de veau pour cuire dans la *coquelle* et un peu de sucre pour le premier déjeuner..... Je crois aussi, ma Mère, qu'une paire de chaussons pour vous et pour Cécile ne seraient point superflus.

Joyeuse, elle quitta le logis où ses compagnes se tenaient à l'abri des regards indiscrets. Elles aussi étaient portées à se réjouir, par comparaison avec tout ce qu'elles avaient souffert ; ne se trouvaient-elles pas dans une tranquillité relative, ignorantes en ce quartier paisible de l'effervescence qui régnait? Peu de jours auparavant, traquées comme des biches aux abois, quelle était leur détresse! Le ciel restait sombre, aujourd'hui, mais la foudre n'éclatait pas.

Elles attendirent longtemps le retour d'Euphrosyne et souriaient à la pensée du chargement qui serait le sien. L'idée d'un achat de chaussons les touchait jusqu'à l'âme, comme fait tout délicat sentiment.....

A la nuit noire seulement elles entendirent son pas connu, plus lent que d'habitude, même un peu traînard.

— Elle est lasse, pauvre femme!..... Va au-devant d'elle, mon enfant.....

Cécile obéit. L'obscurité du corridor lui dérobait le visage d'Euphrosyne, mais son complet mutisme l'étonna. L'offre même de lui venir en aide en prenant moitié de sa charge resta sans réponse aucune, et un pressentiment traversa comme un dard le cœur de la jeune fille atterrée.

Quelle révélation allait-elle donc leur faire pour la retarder ainsi jusqu'au moment où, ayant passé le seuil de la chambre, elle se laissa choir sur une chaise, le panier entièrement vide à ses pieds. Et, se prenant à gémir, elle conta, au milieu des hélas! comment on avait repris l'ouvrage sans même lui donner d'argent.....

— Nous étions là, toutes les ouvrières, avec notre ballot, qu'on examina d'abord, puis, quand tout fut aligné sur le comptoir, au lieu de nous dire : « Passez à la caisse! » on déclara que la maison suspendait ses payements. Il y eut des cris, des plaintes, des pleurs, mais tout ceci ne changea rien à la chose..... Le patron ne pouvait donner ce qu'il n'a pas..... Aussi, pas de salaire, pas de besogne!..... Qu'est-ce qu'on va devenir?..... Il reste chez le boucher, le morceau de veau dans la *coquelle*, et chez l'épicier le sucre pour le déjeuner du matin..... Pas de chaussons non plus, pauvres dames!..... Euphrosyne, à l'heure présente, est aussi pauvre que vous.....

Elle pleurait à sanglots. Cécile, qui tout d'abord faisait bonne contenance, avait laissé choir son front dans ses mains, et l'on entendait ses larmes tomber goutte à goutte sur son tablier.

La voix de la Mère s'éleva soudain pour dire, solennelle :

— A genoux, mes enfants!

Et, avec une ferveur où passait l'angoisse, elle récita le *Pater*.

Jamais peut-être, même aux jours de deuil, alors que, rassemblée à la chapelle, toute la communauté suppliait le Père des cieux de lui venir en aide, la supérieure n'avait trouvé de tels accents :

— Que votre volonté soit faite..... Donnez-nous aujourd'hui notre pain quotidien..... Pardonnez-nous nos offenses comme nous pardonnons à ceux qui nous ont offensés..... Ne nous laissez pas succomber à la tentation, mais délivrez-nous du mal.....

— Ainsi soit-il!.....

Les pleurs coulaient avec moins d'amertume. Après un repas hâtif, aussi frugal que possible, car il fallait ménager les provisions contenues dans le garde-manger, elles se concertèrent. Gémir est inutile, prier ne suffit pas, puisqu'on doit s'aider aussi soi-même, et c'était à ceci qu'il fallait arriver.

— J'irai chercher dès demain de l'ouvrage! déclara l'ouvrière. Demander, cela n'est pas mendier. Ah!..... si seulement je trouvais pour vous quelques travaux d'aiguille..... pour moi un ménage à faire....., du linge à laver..... ce qui est rude ne m'effraye pas.....

— Moi non plus! s'écria Cécile, entraînée par son courage et sans réfléchir à la délicatesse de sa santé.

— Oh!..... vous..... avec vos petites mains blanches, votre taille si frêle, je ne vous vois pas bien frotter des planchers, monter de l'eau jusqu'aux étages supérieurs, ni surtout aller au lavoir, où les langues tournent souvent plus que de raison. Car c'est là surtout qu'on saurait bien vite qui vous êtes!..... Le secret, porté de bouche en bouche, s'en irait vite jusqu'en haut lieu. Nous voyez-vous avec une visite domiciliaire?..... Au fait, j'ai entendu dire qu'on en fait partout en ce moment!...

Tenez, continua-t-elle avec une animation croissante, j'ai songé à une cachette pour vous deux : c'est le placard recouvert de papier de tapisserie qui est derrière l'alcôve ; vous y tiendriez ensemble, et bien fin celui qui saurait le découvrir.....

L'idée d'Euphrosyne amena un faible sourire sur les lèvres de la Mère. Se cacher, elle n'y songerait pas!..... Et si les sbires venaient, au nom de la nation, arrêter deux pauvres femmes, ils les trouveraient, non au fond d'une armoire, mais au seuil même du logis.

Seulement, elle ne dit rien de ces choses pour ne pas contrister l'ouvrière ; la question pendante était de vivre, car il est toujours facile de mourir.

Le lendemain, comme elle l'avait résolu, Euphrosyne se mit en campagne ; matin et soir, durant trois jours, elle battit tout Nancy. Certains s'apitoyaient, mais gémissaient eux-mêmes de ne pouvoir joindre les deux bouts ; d'autres rudoyaient la solliciteuse :

— Nous avons nos gens..... Pourquoi en changer?..... Est-ce qu'une femme sans enfants ne peut se suffire quand elle en prend les moyens?

Ils n'indiquaient pas lesquels. A toutes les époques, sous tous les régimes, il y a eu des gens qui condamnent sans rien avoir entendu.....

Elle s'en revenait, navrée, contait par le menu ses déboires plus sensibles, plus cruels que s'ils l'eussent atteinte seule au lieu de retomber sur les recluses forcément inactives, hélas! Cécile écoutait, le front penché, les mains jointes, sans révolte, mais sans non plus l'énergie des premiers jours.

L'attitude de la Mère l'étonnait. Tantôt plongée dans une méditation profonde, tantôt s'animant à une pensée qu'elle avait, son âme semblait absente, comme à la poursuite d'une idée qui la hantait.

Pour le repas du soir, on avait entamé la dernière miche, et il ne se trouvait plus tout au fond du bas de laine d'Euphrosyne qu'une épargne si légère qu'elle ne pesait pas dans la main.

La Mère, de sa voix lente et grave, avait récité le *Benedicite*, et, peu de temps après, les *Grâces*. Le signe de croix final à peine terminé, elle fit signe qu'on l'écoutât parler. C'était le geste de jadis lorsqu'elle imposait le silence dans la salle du Chapitre, devant toutes les Sœurs réunies.

— Ma bonne Euphrosyne, et toi, Cécile, prêtez-moi bien votre attention. Il faut que mes souvenirs remontent un peu haut, jusqu'au temps où je fus élue supérieure de notre cher cloître, un quart de siècle déjà!..... Comme il en est coutume, je visitai la maison tout entière et pris connaissance du moindre détail d'intérieur, n'oubliant ni la pharmacie, ni la lingerie, ni l'office, où vaquait Sœur Delphine, octogénaire, toute cassée. Et, comme je l'interrogeais sur ses fonctions de cuisinière, après avoir répondu, elle ajouta :

— Ma Mère, je suis bien vieille et plus vieille encore je deviens tous les jours..... Tout ce que je demande à Dieu, c'est de mourir sur la brèche. Il en décidera selon son bon plaisir. Mais je ne veux pas partir pour l'autre monde sans avoir — dans l'intérêt de celui-ci — divulgué mon secret..... Jamais encore je n'ai consenti à le faire ; aux grandes fêtes de l'année, lorsque je préparais le fameux dessert qui fait battre des mains à toutes nos Sœurs lorsqu'elles l'aperçoivent sur la table, je m'enfermais seule à l'office, et aux sommations pas plus qu'aux prières je ne répondais pas. Que voulez-vous, ma Mère : c'était ma gloriole! Est-ce que Dieu, qui est si bon, pourra m'en vouloir? Je ne faisais tort à personne, n'est-il pas vrai ? Et quand M. l'aumônier souriait, me montrant le doigt et m'appelant orgueilleuse, je lui faisais la révérence, mais je ne cédais pas ; ou parfois je disais, humblement, comme cela se doit : « Que voulez-vous, mon Père, il faut bien que notre cher couvent ait aussi sa petite spécialité! Les Clarisses excellent dans les nonnettes, les Récollettes dans les madeléines, les Visitandines dans les pains d'anis, les Carmélites dans la pâte de coings, les Trappistines dans les tablettes de coquelicots..... et nous ne garderions pas nos macarons?..... » Alors, M. l'aumônier m'en commandait des douzaines pour des confrères qui le venaient voir, pour des malades, pour des enfants : « Ce sera la punition de votre péché!..... » Elle était douce. J'aime les malades, mais pour les enfants j'ai un cœur de mère, et j'étais heureuse de leur préparer des douceurs.....

— Eh bien, ma Sœur Delphine, dis-je pour couper court, votre idée est excellente de vous confier à moi : j'écoute..... avouez-moi tout.....

Elle avait redressé sa taille courbée, et, soulevant un pan de sa pèlerine, en tirait un pli cacheté avec cette suscription : « Pour ouvrir après ma mort. »

— D'ici là, ma Mère, je garde le monopole, reprit-elle dignement.

— Mais, en supposant que vous deveniez malade, ma bonne Sœur, les grandes fêtes de l'année devront-elles se passer sans macarons?

— Eh! mon Dieu ! on les remplacera par autre chose..... et on fera des vœux pour mon rétablissement.....

Alors, c'est juré, ma Mère?..... dit-elle avec solennité.

— Oui, c'est juré : le pli restera intact jusqu'à ce que vous soyez en paradis.....

— Il faudra, alors, abréger mon temps de purgatoire!.....
M. l'aumônier dira beaucoup de messes et nos Sœurs multi-
plieront les *De Profundis?*.....

— C'est évident!.....

La bonne Sœur Delphine vécut deux années encore et son
vœu fut accompli : elle mourut près de ses fourneaux. L'hiver
passa ; puis, comme on approchait de Pâques, j'ouvris le pli
cacheté renfermant le secret.

Une toute petite page le contenait en entier : ce n'est pas
compliqué, la recette des macarons ; mais la dernière phrase,
la plus explicite, signalait le péril qu'offre la cuisson dans un
four dont on doit modérer la chaleur.

« Il faut le *coup de main*..... ce que je souhaite à mes sur-
vivantes ! » concluait-elle avec un peu d'orgueil. La « survi-
vante » de Sœur Delphine se mit à rire en lisant ce *post-
scriptum*. Elle aussi possédait son grain d'amour-propre et ne
s'en laissait pas aisément remontrer. J'attirai néanmoins toute
son attention sur ce degré de chaleur qu'il fallait atteindre et
ne dépasser jamais.

— Oui, oui, ma Mère! me dit-elle d'un ton capable ; sans
m'en faire accroire, je suis aussi apte qu'une autre à fabriquer des macarons.....

Loin de s'enfermer dans l'officine, elle réclama des aides ;
nos converses pilèrent des amandes, battirent en neige ferme
les blancs d'œufs, dosèrent le sucre, firent du tout une pâte
homogène qu'elles mirent, par petits tas, sur des feuillets
de papier blanc.

Sœur Théodule discourait en les regardant faire, rappelait
la farouche consigne qui les clouait jadis à la porte, malgré
toutes leurs supplications ; et les plus jeunes converses en
prenaient comme une revanche rétrospective envers Sœur
Delphine qui, peut-être, les voyait de là-haut.....

Mais si elle les vit, que dut-elle éprouver de joie malicieuse
lorsque toute la fournée se transforma en charbon!.....

L'événement fit du bruit dans le cloître ; la suffisance des
pâtissières tournait en leur défaveur. Il est bon de rester modeste même si l'on est passé maître en l'art culinaire ; souvent la victoire annoncée à grand renfort de trompettes devient
une déroute sans tarder.....

Et la déroute était complète! Pour la première fois, depuis

un temps immémorial, le jour de Pâques se passa sans macarons.....

— Attendez à l'Ascension, ma Mère, avant de nous condamner ? supplia Sœur Théodule.

Et elle m'expliqua qu'elle n'était pour rien dans le désastre ; la faute tout entière retombait sur les épaules des converses, qui prennent volontiers le grand art pour un jeu d'enfants.

L'une et l'autre, à qui mieux mieux, avaient entassé trop de bois dans le four, au point de le chauffer dérisoirement !.....

Pareille imprudence ne se renouvellerait pas ; car, tout d'abord, une fois les amandes pilées et les blancs d'œufs en neige, elles seraient congédiées par Sœur Théodule même, qui ne garderait auprès d'elle qu'une très douce comparse, Sœur Timoléon.

La chose se passa ainsi, quarante jours après Pâques ; cette fois, on pouvait en bien augurer, puisque le silence régnait à l'office et qu'on suivait toutes les prescriptions.

Hélas! une fois encore la tentative fut vaine : au lieu d'être en charbons, les macarons restèrent tout blancs.

On tenta de les manger, pour consoler Sœur Théodule qui pleurait à sanglots, mais ils collaient aux dents, comme de la mélasse, et le dessert resta inachevé.....

Alors, continua la Mère, j'interdis de faire une nouvelle école, qui n'eût servi qu'à gâcher encore d'autres produits.

Désormais, aux grandes fêtes, on se contenta d'évoquer le souvenir de Sœur Delphine et celui de ses chefs-d'œuvre devenus des mythes aux yeux du couvent.

— Ma Mère, s'écria Cécile qui avait écouté de toutes ses oreilles, voudriez-vous qu'à notre tour nous fissions un essai? Est-ce bien votre désir ?

Euphrosyne, transportée d'aise, courut à son bas de laine et le vida sur la table afin d'en compter la menue monnaie.

Etait-il assez fourni encore pour qu'on pût acheter du sucre, des amandes et des œufs ?

Mais cette belle ardeur reçut une douche, lorsque Cécile s'écria :

— Où trouverons-nous le four qui cuira nos macarons?

— Il y a bien le boulanger du coin, s'il veut nous y aider?

— Peut-être..... mais il se fera payer fort cher!.....

— Et il sera difficile de lui céler le secret!.....

— Alors, nous sommes vaincues avant la bataille?.....

— Hélas!..... Ma Mère, n'est-ce point votre avis?

La religieuse avait écouté ce colloque sans y prendre part.

La question directe que lui adressait Cécile la décida à parler.

— Mon projet est hardi..... Il est téméraire..... Va-t-il vous effrayer?..... Mais, j'entends être seule responsable et courir seule les risques de ce que j'ai résolu.....

Elle se recueillit durant quelques secondes sous les regards qui l'interrogeaient ; puis, d'une voix lente et basse :

— Je peux pénétrer dans *notre* maison !.....

Deux cris de surprise retentirent, suivis d'un silence empreint de terreur. Mais la confiance revint à Cécile, habituée à se fier à sa supérieure, aveuglément.

— Dans *notre* maison, reprit la Mère, tout au fond de la cour des dépendances, est un four à pâtisserie. Mes parents l'avaient fait construire au temps de ma prime jeunesse, alors qu'ils me croyaient destinée à me marier un jour ; et ils estimaient qu'une femme doit connaître tous les secrets du ménage pour bien savoir le diriger.

Aussi que de gâteaux, de pâtés, de galettes, pétris de mes mains, ont paru sur la table familiale, loués ou critiqués par des juges impartiaux!

Ce four, je le sais, existe toujours ; je sais aussi où trouver le bois pour le chauffer..... Et ce sera avant l'aube que j'entrerai, sans effraction!

Un sourire se jouait sur ses lèvres pour rassurer plus encore les pauvrettes qui croyaient rêver.

— Ma Mère, ce n'est point un mot magique qui aura le pouvoir d'ouvrir cette porte si bien fermée?

— Vous ne voyez qu'elle, mes chères enfants!..... Mais regardez aussi la trappe avançant dans la rue?..... Les volets, soulevés, laissent voir l'escalier qui conduit à la cave ; le secret m'est connu pour faire tourner le barreau de fer qui en défend l'entrée. Après cela, ce n'est plus qu'un jeu pour pénétrer dans la cour.....

— Un jeu où vous risquez votre vie!

— Je n'ai pas le choix des moyens ; et je me regarde, en

outre, comme usant d'un droit strict : cette maison est celle de mes parents.....

— Eh bien! moi, j'en suis aussi! s'écria Euphosyne que le mystère attirait comme un aimant ; et il est inutile de vouloir réserver pour vous seule un danger dont nous profiterons!

— C'est bien ce que j'entends moi-même, affirma Cécile, et bien lâches serions-nous de vous abandonner à ce hasard.

— Il ne s'agit ici que d'une chose : éviter d'attirer l'attention de la rue, tout d'abord ; une femme peut passer inaperçue ; en serait-il de même si nous étions trois?

— A trois, nous serions plus fortes..... Nous nous défendrions!

— Pauvre petite!..... Tu sais bien toi-même que cela ne se peut pas. Donc, aie confiance et dors en paix......

Il fut impossible à la jeune fille de fermer l'œil. Toute la nuit elle demeura en haleine, priant et pleurant en silence avec le secret espoir que la Mère se raviserait au dernier moment.

Mais la religieuse était femme de courage autant que de résolution ; et si son cœur battait plus fort lorsqu'elle fut prête à accomplir son hasardeux projet, ce ne put être de terreur, mais d'émotion.....

Rentrer en intruse dans la maison paternelle la poignait de douleur, et tous ses souvenirs se dressèrent soudain pour lui former une escorte qui devait croître encore à chaque pas qu'elle ferait sur ce sol familial.

Dans l'obscurité et le calme profond de la rue, elle souleva sans peine, après quelques tâtonnements, le volet extérieur et le referma sans bruit lorsqu'elle fut entrée. Alors elle alluma la petite lanterne dont elle s'était munie, descendit l'escalier aux marches humides et se trouva devant la porte fermée par la serrure à secret.

Une simple pression du doigt en eut raison comme elle l'avait prévu ; puis, la cave traversée dans toute sa longueur, elle gravit un nouvel escalier qui la conduisit à l'arrière-cour.

Comme jadis, l'ordre y régnait ; d'un côté, les bûchers où s'étageait la provision de bois pour l'hiver ; de l'autre, l'étroite chambre où se trouvait le four.

Il était en parfait état : et la Mère, à deux genoux, remercia Dieu de l'avoir conduite jusque-là, le priant aussi de la protéger dans son entreprise, surtout d'avoir pitié de son pauvre frère vivant ou mort.....

Combien elle eût voulu pénétrer dans la maison même, visiter les chambres où planaient tant d'ombres chéries ; hélas ! la porte donnant accès au rez-de-chaussée ne s'ouvrait point comme celle de la cave.....

— Ce serait trop doux..... peut-être ! songea-t-elle avec mélancolie ; et je dois éviter de me laisser amollir.....

Lorsqu'elle reparut au logis commun, la Mère fut accueillie avec des transports de joie comme si ses compagnes eussent redouté de ne jamais la revoir. Euphrosyne, elle aussi, avait veillé la nuit entière et frémi en entendant le pas de la religieuse se perdre dans le corridor.

L'une et l'autre écoutèrent avec une sympathie profonde le récit qu'elle leur fit de son expédition :

— Tout est prêt ! conclut-elle ; à nous maintenant de travailler.....

— C'est jour de marché, justement ; je rapporterai des œufs frais.....

— Et moi, pendant ce temps, je pilerai les amandes.....

— Je doserai le tout, mes chères amies, et j'irai chauffer le four.

Elle ajouta, le doigt sur son front :

— Le secret de Sœur Delphine est imprimé là, en toutes lettres..... mais puissions-nous ne pas échouer au port !

— Ma Mère, nous agissons sans présomption.

— Chut ! Cécile..... La pauvre Sœur Théodule l'a bien expiée.

Avec quelle ardeur, quelle attention scrupuleuse les pâtissières se mirent-elles à l'œuvre ! Les instructions suivies au pied de la lettre produisirent, après un long travail, une pâte bien homogène, merveille de blancheur, disposée ensuite par petits tas égaux sur du papier fort.

Le four semblait à point ; Cécile obtint la grâce d'aider la Mère à transporter les nombreux feuillets, tandis qu'Euphrosyne, attentive, faisait le guet dans la rue.

— Le malheur, disait-elle à la jeune fille, c'est qu'on peut être trahi par un cas imprévu ; qu'un passant attardé voie s'ouvrir la trappe de cave ; il criera au voleur, et voilà tout le quartier en éveil.

Mais la Mère usait de prudence ; avant de sortir de sa retraite, par une fente imperceptible elle scrutait les alentours, et, silencieuse autant que preste, se glissait dans le souterrain!

Ce fut fort avant dans la soirée qu'elle rejoignit ses compagnes ; elle portait une corbeille soigneusement couverte et qu'elle déposa sur la table avec une certaine solennité :

— Eh bien ! ma Mère ? s'écrièrent à la fois les deux femmes trop anxieuses pour rien ajouter de plus.

Sans rien dire, elle enleva la serviette qui cachait le trésor, et sur les feuilles de papier jauni par la chaleur, les macarons apparurent d'une belle couleur d'or.....

— Réussis!..... Ils sont réussis!.....

— Goûtez-les.

Avec un respect doublé encore d'une certaine crainte, elles y portèrent la dent et s'exclamèrent ensemble :.

— Délicieux, ma Mère, délicieux!

Toutes trois se sentaient gagnées par les larmes :

— Ah! ma Mère, que n'avez-vous pris la place de Sœur Théodule? Le couvent aurait eu son dessert après la mort de Sœur Delphine, comme d'habitude, aux quatre grandes fêtes de l'année!

L'exclamation ramena le sourire sur toutes les lèvres, et la supérieure répliqua, gaiement :

— Seulement, j'avais autre chose à faire, ma fille! Diriger une communauté est plus ardu, crois-moi, que de fabriquer des macarons..... Mais j'avoue néanmoins tout mon contentement d'avoir réussi..... ceux-ci..... à peu près.....

— Oh !..... à peu près !..... ils sont très beaux.....

— Sœur Delphine y mettait plus de fini : c'était une artiste ; avec l'habitude, nous nous perfectionnerons.....

— Alors, c'est bien entendu, nous continuons! clama Euphrosyne en frappant dans ses mains.

— Oui, si nous trouvons à vendre nos produits ; le premier pas est fait, non le plus facile ; mais notre dessert sera-t-il goûté des Nancéiens?

— Il le sera, ma Mère !...... Même en temps de révolution,

il y a bien des gens portés sur leurs bouches..... quand ce ne serait qu'à l'hôtel de la *Poire d'Or* qui réunit à table d'hôte une quantité de gros bonnets..... C'est là qu'il faut les proposer ; seulement.....

— Seulement?

— La maîtresse n'est pas commode ni facile à aborder..... Elle vous a une façon de renvoyer les gens..... « Nous avons mieux que ça! » et on n'a plus qu'à battre en retraite ; oh!..... elle n'est guère aimée dans le quartier, l'hôtesse de la *Poire d'Or*..... Mais je ne dis pas ceci pour m'éviter une corvée ; j'ai bien parcouru la ville, l'autre soir, frappant à tous les magasins où je pensais trouver de l'ouvrage et recevant partout la même réponse : « Impossible! les affaires vont trop mal!..... ». D'ailleurs, si ce n'est la *Poire d'Or*, ce sera le *Grand Cerf*, où logent les commissaire venant de Paris.....

— Les commissaires!..... de Paris.....

Cécile, terrifiée, joignit les mains.

— Euphrosyne n'ira pas leur dire par quelles pâtissières et dans quelle officine sont fabriqués les macarons!.....

— Certes! on me hacherait menu plutôt que de me le faire avouer. Depuis que la Mère entre sans clé dans la maison vide, à la barbe du quartier qui n'y voit rien, je crois qu'avec du courage, de l'audace, on surmonte bien des périls.

— C'est sagement parler ; mais il ne faudrait pas devenir téméraire et négliger une seule précaution.....

— Ma Mère, ne craignez-vous pas aussi d'être trahie par la fumée du four?

— Il y a tant de cheminées à cet angle de rue!..... Espérons que nul œil scrutateur ne se fixera si haut..... Et je suis déterminée, d'ailleurs, à ne jamais opérer qu'à la tombée de la nuit.....

IV

Euphrosyne revêtit sa meilleure robe et se coiffa de son bonnet le plus blanc ; puis, le panier au bras, s'achemina vers la *Poire d'Or*.

Il était passé midi ; des cuisines en sous-sol s'échappaient des parfums culinaires, et l'on entendait, dans la salle, au rez-de-chaussée, affectée à messieurs les pensionnaires, le bruyant cliquetis des fourchettes, et, sur les verres, l'appel impatient des couteaux.

La puissante matrone, debout sur le seuil de la porte de la rue, semblait de taille à faire face aux tempêtes périodiques qui se déchaînaient à table d'hôte les jours où certains mets y étaient servis. De sa voix faite pour dominer le bruit de la tempête ou le grondement des foules, elle soutenait une polémique de haut goût, jurait que le poisson sortait de la rivière, les œufs du poulailler, la viande de l'abattoir.....

Ce jour-là, cependant, malgré sa belle assurance et les moyens oratoires qu'elle possédait, la puissante matrone faisait le gros dos et la sourde oreille, affectant de s'intéresser aux seules rumeurs du quartier. Car il s'agissait d'un *miroton* quelque peu faisandé et livré au rabais par le boucher Cincinnatus, aggravé en outre d'une sauce noirâtre qui excitait la méfiance des plus tolérants.

— Eh! l'hôtesse?..... clamait, en chœur, la table aux abois.

Ce fut à ce moment critique que surgit Euphrosyne, l'air avenant ; et, sans rien dire tout d'abord, elle enleva prestement la serviette qui recouvrait son panier.

— Un nouveau dessert, citoyenne, si le cœur t'en dit?

L'air rogue, et pour se donner contenance tandis que les cris redoublaient, la matrone cassa un petit coin de ce gâteau d'or et le croqua sans façon.

— Comment nommes-tu ça ?

— Des macarons.....

— Je les achète : passe au bureau.

Quelques secondes plus tard, elle les portait en pyramide sur un compotier, dans la salle houleuse où elle fut accueillie par des huées :

— Eh bien! les enfants, qu'est-ce qu'il y a donc?.....

— Ce qu'il y a?..... Tu nous sers de la vache enragée!.....

Elle haussa bien haut les épaules, mais néanmoins dauba sur Cincinnatus, qu'elle croyait être, jusque-là, trop bon patriote pour ne pas réserver des morceaux de choix à ses amis.

— J'y aurai l'œil : assez causé!.....

Et, changeant de diapason :

— Voici des petits machins comme vous n'en avez jamais vu..... fabriqués exprès pour vous : du vrai nanan.....

Elle les offrait à la ronde, et, grondants encore, les pensionnaires puisaient néanmoins dans le compotier...

Au lieu de passer au bureau comme on l'y conviait, Euphrosyne s'était blottie près de la porte, anxieuse au plus haut point sur le sort réservé à ses macarons.

L'instant, si elle l'eût choisi, eût été plus propice ; quelle malchance d'arriver en pleine émeute, au lieu de se produire dans le calme et l'attention!.....

Son cœur battit violemment lorsqu'une voix, la première, cria, appuyée d'un coup de poing qui fit résonner verres et bouteilles :

— Bravo!..... Voici qui fera passer le *miroton*.....

Puis les propos s'entre-croisèrent, goguenards, portés à la clémence, néanmoins :

— Ça ne sort pas de la *Poire d'Or*, bien que ça en ait la couleur !

— Cette fois, l'hôtesse, ce n'est pas le diable qui a cuisiné!

— Ne va pas, en compensation, nous empoisonner ce soir !

— Allons, une *criquette* de vin gris pour faire trempette, et ce sera le dessert des dieux !

La matrone céda ; désormais, elle tenait le moyen d'amadouer son monde, peut-être de créer un monopole à son hôtel.....

Euphrosyne, toutefois, ne s'engagea pas. Elle était prudente par nature.

Des macarons, oui, l'on en aurait, à la douzaine!..... Mais ça ne se fait pas si aisément que des petits pâtés.....

— Veux-tu un marmiton pour te donner un coup de main?

— Non, non ; nous sommes trois sœurs qui suffisons à tout.

— Où est votre officine, si j'avais une commande pressée?

— Je passerai la prendre tous les matins.....

L'hôtesse dut se contenter de ces réponses : « Hum ! ça sent le fagot..... » Mais cherche-t-on querelle à qui vous a tiré d'un tel mauvais pas ?

Sans marchander, ce qui n'était pas son habitude, la matrone paya rubis sur l'ongle, avec un grand « au revoir ».

Puis Euphrosyne, légère comme la plume, fut bientôt arrivée chez elle où ses compagnes guettaient son retour.

Ah! cette fois, il fut aussi joyeux qu'il s'était fait morne la semaine passée ; dès le seuil, elle cria : « Victoire! » et donna l'accolade à Cécile qui la reçut en souriant.

Puis, et c'était bien le moins, croyait-elle, l'ouvrière se mit en devoir de conter par le menu les incidents de l'après-dîner. Le portrait de l'hôtesse fut brossé de main de maître et d'un pinceau assez satirique pour que la Mère, la bonté même, priât la railleuse d'atténuer ses couleurs.....

— Oui, oui, je sais, ma Mère, concéda Euphrosyne, la charité doit ménager le prochain ; mais quand celui-ci sert à table d'hôte des mets immangeables, il est permis de le blâmer?.....

— C'est son affaire, pas la nôtre ; réservons notre attention pour fabriquer nos macarons.

— Et si vous aviez vu, comme moi, les pensionnaires! reprit l'incorrigible, riant plus fort. Il y avait un vieux avec un petit habit vert et une queue de cheveux dans le dos qui ramassait les miettes et se versait, entre temps, de pleines rasades de vin gris!..... Puis de plus jeunes qui interpellaient l'hôtesse, se moquant d'elle à son nez...... Ne se sont-ils pas mis ensuite à chanter *la capucine*, frappant la table en cadence avec leurs poings! Ah! vrai, ils sont drôles, les hommes de la République, et on peut en rire si on veut.

— Quand on n'a pas à en pleurer!.....

— Oh!..... pardon, ma Mère....., Je suis une sotte de vous parler de ça......Cette triste Révolution vous a fait tant de mal!..... Je voudrais tenir, dans ma main, tous ses monstres et serrer bien fort pour leur faire rendre gorge, sans pitié.....

— Ne rêvons jamais de vengeance, Euphrosyne.....

— Mais Dieu laisse tout faire, les pires atrocités.....

— Dieu est éternel.....

— Oui, j'ai tort de m'emporter ainsi, mais c'est plus fort que moi.....

— Songeons plutôt à nous remettre à l'œuvre, ma bonne!..... Le gain d'aujourd'hui ne nous mènerait pas bien loin et nous devons travailler pour le pain quotidien.

— Qui sait, ma Mère, si nous ne pourrons pas, un jour, y ajouter du gâteau?

— Ah! voici que nous allons rêver!

— Pourquoi pas? C'est si agréable de bâtir quelque château au delà des monts! s'écria Cécile avec vivacité.

— Oh! moi, qui suis une ouvrière, je ne sors pas de la ville ni même de mon quartier, mais je souhaite que nous nous agrandisssions. C'est si étroit ici! Et si jamais il nous venait une clientèle, où la recevoir?

— Nous n'en sommes pas là! Notre seule pratique, à l'heure actuelle, est la *Poire d'Or*, tant que ses pensionnaires nous désireront.....

— Ce qu'ils apprécient, d'autres sauront le faire : n'accordons aucun monopole, même à cette maison, Cécile et Euphrosyne, sachez vous en souvenir.....

— Vous voyez bien, ma Mère!..... Vous en revenez vous-même à penser à la vente qui pourra s'établir, s'accroître, prospérer avec le temps..... Eh bien! il nous faudra un comptoir, un bureau-caisse, des chaises à offrir aux acheteurs.....

— Et il nous faut tout d'abord la sécurité! Oubliez-vous déjà que nous sommes des suspectes; qu'un rien peut nous trahir, que demain, si le ciel ne nous protège, nous pouvons être jetées en prison?

La religieuse leur parlait ainsi par prudence, pour éviter la griserie du premier succès ; car fallait-il crier victoire, après être sorties triomphantes d'une seule fournée de macarons?

Déjà, toutes trois se remettaient à la besogne, mais avec une confiante ardeur et non moins de minutie dans la préparation :

— Il les faut parfaits, cette fois-ci!

— Ils le seront.....

Mais les allées et venues d'Euphrosyne, surtout le bruit que faisait le pilon écrasant les amandes, attiraient l'attention de quelques voisines assez curieuses de leur nature :

— Qu'est-ce qu'elle peut bien faire pour taper comme cela?

— Et il est certain qu'elle n'est plus seule!..... Deux autres femmes qui ne sortent pas.....

— Ses sœurs, a-t-elle dit.....

— Hum! Il faudrait voir.....

On vit plus tôt que l'on ne croyait. Euphrosyne, un soir qu'elle descendait l'escalier de la cave où elle s'autorisait à pénétrer, glissa sur les marches humides et se fit une entorse au pied droit.....

Elle regagna son gîte, tout en larmes :

— Ah! Cécile, je suis punie de ma désobéissance à l'ordre de la Mère ; je ne pourrai pas marcher d'ici longtemps.....

Sa désolation extrême la sauva du blâme ; mais elle disait

vrai; et, dès l'instant, l'enflure augmenta au point qu'il lui fut impossible de se tenir debout.

— Qui va aller, ce matin, à la *Poire d'Or*.....

— Moi! c'est forcé!..... Mais je ne crains pas l'hôtesse, ma Mère ; elle pourra me tutoyer et m'appeler citoyenne tant qu'elle le voudra, ajouta-t-elle en riant.

— Vous irez, d'ailleurs, directement au bureau.....

— Oui, oui, soyez sans crainte, je saurai m'en tirer.....

La jeune fille affectait, pour rassurer ses compagnes, une assurance qu'elle n'avait pas. Les épreuves multiples depuis sa sortie du cloître, tout ce qui avait suivi depuis lors la mettait en défiance au point de lui faire voir des ennemis embusqués partout. Et, par crainte qu'ils lussent dans ses yeux le passé dont ils lui eussent fait un crime, elle marchait les paupières demi-closes, rasant les murs.

L'hôtesse s'exclama sans façon, en l'apercevant pour la première fois :

— Euphrosyne a une sœur bien jeunette, parole d'honneur! Et qui a un petit air de nonne avec son bonnet blanc!

Ce coup droit fit pâlir Cécile : elle avait tout prévu, hormis cela.

D'une voix peu assurée, elle conta l'accident de sa compagne et certifia que la commande quotidienne ne subirait de ce fait aucun retard.

— Tu parles mieux que *la sœur*, ma fille! reprit la matrone riant aux éclats ; mais, rassure-toi, va, petite, on ne te causera pas de peine : tu fais trop bien les macarons !.....

Non seulement l'hôtesse se montrait accueillante lorsque Cécile venait à la *Poire d'Or* avec son petit panier, mais bientôt elle eut l'attention gênante de la forcer à s'asseoir au bureau.

— Allons, ne sois pas si sauvage! Un gentil minois comme le tien est encore bon à voir..... Holà! Jean, c'est la citoyenne avec la commande..... Viens donc la recevoir !

Jean accourait, sans se faire prier. Fils unique de l'hôtesse, il gérait la maison avec elle et se consacrait spécialement au soin des fourneaux. Mais les affaires se faisaient plus difficiles qu'autrefois : la *Poire d'Or* se savait des concurrents sérieux qui rusaient pour lui enlever sa clientèle et publiaient à son de trompe que l'on trouvait meilleure chère et à meilleur compte chez eux qu'ailleurs.

L'hôtesse luttait avec énergie par l'action et la parole contre les détracteurs. Le nouveau dessert, qui faisait florès, lui était d'un puissant secours ; hélas! demain, peut-être, devenu le lot de tout le monde, il ne lui serait plus d'aucune utilité.

C'est alors qu'une idée géniale germa dans sa tête dès l'apparition de Cécile à la *Poire d'Or*. Jusque-là, les trois sœurs, représentées par la seule Euphrosyne lui semblaient être des femmes d'âge mûr ; mais celle-là, toute jeune, douée d'un physique agréable, pourrait devenir la femme de Jean.

A la vérité, elle avait rêvé mieux pour son fils unique et calculé d'avance le bien que ferait à l'hôtel la conquête d'une dot. Cécile, pauvre, n'eût point eu chance de l'emporter en se mettant sur les rangs ; seulement, elle possédait un secret, celui de la fameuse recette déjà fort appréciée des gourmets de la *Poire d'Or*. Epouse de Jean, elle en userait au profit de la maison seule et contribuerait ainsi à assurer sa prospérité.

Ce projet, soumis au jeune homme, ne lui déplut point, bien qu'il objectât que « la petite » était bien simplette d'habits et d'allure, bien insignifiante avec ses yeux baissés.

— Je la formerai, moi! certifia la puissante matrone, et je lui apprendrai vite à causer, à se tenir, à estimer aussi l'honneur que nous lui ferons.....

Elle se rengorgeait, très sincère, très orgueilleuse surtout et se prisant très haut.....

Cécile, la pauvrette, était bien loin de se douter de ce qui se tramait ; maintenant qu'elle avait pris l'habitude de cette course quotidienne, celle-ci ne lui pesait plus comme au premier jour, et elle l'affirmait à Euphrosyne qui, néanmoins, se désolait, peu habituée à garder le silence sur ses tribulations.

— Est-ce assez malheureux de se faire une entorse, au moment où tout marchait si bien?

— Mais, ma bonne, tout continue à bien marcher, malgré cet accroc dans notre vie!.....

— Oh! sans doute, parce que la Mère et vous, vous vous multipliez!..... Et je reste assise sur ma chaise.....

— A peler les amandes, à battre les blancs d'œufs.....

— Oui..... encore plutôt!.....

— C'est l'essentiel, puisque la Mère, seule, se charge du four.

Elle n'était pas convaincue ou ne voulait pas le paraître, ingénieuse à se tourmenter :

— Voyez-vous, ma Mère, moi, je passais inaperçue dans le quartier et ailleurs!..... Mais Cécile est une jeunesse..... Quelque chose m'avertit qu'on aura de l'ennui.....

— A la grâce de Dieu!..... Pourquoi s'efforcer soi-même de deviner le secret de l'avenir?

L'hôtesse redoublait de prévenances, et les stations au bureau, après la livraison de la commande, se prolongeaient forcément. En vain Cécile tentait-elle de se dérober à ces effusions, d'alléguer ses travaux pressants et l'obligation réelle où elle se trouvait de retourner au logis.....

— Bah!..... Ils attendront un peu, les macarons, et j'en ai, d'ailleurs, pas mal d'avance, tu sais?..... A propos, pourquoi ne me tutoies-tu pas?..... C'est l'habitude en République : elle nous a faits libres, elle nous veut égaux.....

Cette profession de foi ne laissait pas que d'embarrasser Cécile, obligée à la prudence, mais que le tutoiement froissait plus encore que ne l'importunaient les amabilités :

— Voyons, tu vas accepter quelque chose, citoyenne? Tu ferais la petite bouche pour deux doigts de vin muscat? Holà! Jean, apporte la bouteille, celle de derrière les fagots, et nous trinquerons tous ensemble, en criant : « A bas les tyrans!..... »

Cécile, par force, trempait ses lèvres dans le breuvage, mais ne criait pas, et l'horrible hôtesse l'attendait là :

— Eh! eh!..... on ne l'aime pas, la République?..... C'est dans sa haine qu'on t'aurait élevée?..... Tu en tiendrais donc pour Capet, le traître?..... Ah!..... petite, si nos pensionnaires le savaient?.... tous des bons, tous des purs.....

Elle voyait rougir Cécile et reprenait, d'un ton conciliant :

— Sois tranquille : je suis pour toi une mère!....: Eh! Jean, est-ce que je ne te dis pas mon affection pour cette petite tous les jours?..... Ah! tous les deux, nous la voudrions heureuse..... La vie est dure pour les femmes, si elles n'ont point de protection!

Jean trouvait sa mère fort habile et il la laissait arranger l'affaire qui lui tenait à cœur ; car, pour lui, trouvant en Cécile une « demoiselle », il n'eût pu lui parler le langage qui lui convenait ; en vain l'hôtesse le talonnait après chaque séance :

— Je ne te reconnais plus, Jean : tu as l'air d'un gros benêt, tu demeures là comme une souche, au lieu d'avancer..... Sont-ce ses yeux baissés qui t'en imposent..... ou sa cornette?..... Il n'y a pas à dire : c'est un vrai bonnet de nonne..... Nous saurons ça, un jour?.....

Or, Cécile n'était point si naïve qu'elle ne vît enfin ce qui se préparait. Si cela eût dû se prolonger encore, elle se fût confiée à la Mère ; mais Euphrosyne, à peu près guérie, annonçait qu'elle reprendrait ses courses à la fin de la semaine, au plus tard.....

— Encore un peu de patience! se répétait mentalement la jeune fille, et, sans avoir inquiété personne, je ne paraîtrai plus à la *Poire d'Or*.....

V

Le lendemain, dans la matinée, au sujet de l'importante commande faite en vue d'un repas de noce enlevé à la barbe de ses rivaux, l'hôtesse, pour la centième fois peut-être, se répétait qu'il serait plus commode et plus économique d'avoir en ses cuisines le four à macarons ; et, compulsant son livre de dépenses, elle appuyait son dire par une addition dont le total respectable ne laissait pas que de l'émouvoir, car ses pensionnaires ne lui faisaient pas grâce de la précieuse friandise qui terminait si bien leurs maigres dîners, et elle s'exécutait, souvent d'assez mauvaise grâce, maugréant qu'on la ruinait en douceurs.

— C'est décidé : je parlerai aujourd'hui..... Entends-tu, Jean?..... Et bien bête seras-tu si tu ne trouves pas un mot pour appuyer ma proposition..... Sois sans inquiétude, mon gars, la fille n'est pas si sotte qu'elle ne comprenne ses intérêts ; être patronne d'un hôtel comme le nôtre n'est point à dédaigner!..... Tiens, justement la voici, notre pâtissière!..... D'ici peu, elle aura dépouillé son costume monastique pour une robe à la mode du jour et rejeté sa cornette afin de bien montrer ses cheveux blonds.....

— Bonjour, petite! continua l'hôtesse sans un temps de silence et tandis que Cécile entrait au bureau. Tu es, ce matin, plus fraîche qu'une rose! Assieds-toi : tu vas voir passer la noce qui doit dîner ici.....

Et pesant, sans façon, d'une main autoritaire, sur le bras de la jeune fille, elle la fit ployer de force, sans souci de la résistance qui lui était opposée :

— Là..... là..... toujours la même?..... Quelle personne indocile tu fais!..... Et n'es-tu pas seulement curieuse d'admirer la mariée, un beau brin de fille, tout comme toi?

Cécile, sans répondre, alignait sa commande et comptait, l'une après l'autre, chaque douzaine de macarons. C'était la dernière fois qu'elle le faisait avant de céder la place à Euphrosyne qui devait revenir dès le lendemain : cette perspective lui donnait la patience, aussi la sérénité qui parfois lui faisait défaut.

Et comme l'hôtesse l'annonçait tout à l'heure, le cortège attendu défila sous les fenêtres, au retour de la mairie.

C'était une noce imposante, tant par le luxe qu'on y déployait que par la qualité de ses invités. L'épouse, vêtue d'un fourreau de soie puce, chaussée d'escarpins à longs cordons et coiffée d'un béguin à trois pièces qu'enguirlandaient des fleurs d'oranger.....

L'époux ne le lui cédait en rien. Son petit habit brun à boutons d'or s'ouvrait sur un jabot de dentelle et sa culotte courte laissait voir les bas de soie blanche moulant une jambe bien tournée. Sa coiffure en ailes de pigeon sentait fort l'ancien régime, mais son civisme inattaquable le mettait à l'abri du soupçon.

Que de répondants, d'ailleurs, l'escortaient comme pour en témoigner! Les plus illustres de tous étaient deux ex-conventionnels que la foule regardait avec un respect mêlé de crainte, leur prêtant un rôle qui ne laissait pas que d'être terrifiant. L'un, très myope et portant lunettes d'or, se rengorgeait avec importance, tandis que l'autre promenait par la rue un regard scrutateur :

— Tenez!..... Voici des hommes qui pourraient faire guillotiner toute la ville! dit l'hôtesse, à mi-voix, non sans admiration..... Cela ne les empêche pas d'aimer beaucoup les douceurs, ajouta-t-elle : quand ils dînent ici, ce qu'ils font main basse sur les macarons!.....

Et comme le cortège tournait le coin de la rue, l'hôtesse saisit entre deux doigts le menton de Cécile, la forçant à la regarder :

— Eh! Eh! petite, tu n'as qu'une parole à dire, pour être là demain! Et le marié, ici près, te fera entrer, à son bras, par la grande porte de la *Poire d'Or!*.....

Cécile, d'ordinaire si timide, garda cette fois tout son sang-froid. Il lui sembla qu'une voix d'en haut lui dictait sa réponse et que des ailes invisibles descendaient pour l'abriter :

— Je vous remercie, Madame, de l'honneur que vous me faites, mais je ne me marierai jamais!

Le ton était si ferme qu'il ne laissait nulle place à l'espérance ni dans le présent ni dans l'avenir ; et l'hôtesse, tout d'abord stupéfaite, fut saisie soudain d'un violent courroux :

— Fille imbécile!..... Tu ne comprends même pas ton véritable intérêt!..... Va, j'en jurerais maintenant : tu n'es qu'une nonne!..... Quand donc toutes ces pestes seront-elles étouffées?

Hors d'elle-même, le visage passant du rouge au bleu, puis au violet, la terrible matrone était effrayante à voir : son fils même en fut terrifié.....

Ah! il ne brilla point ce jour-là plus qu'en aucun autre, le pauvre Jean de la *Poire d'Or*, et son regard suppliant pria Cécile de s'esquiver.

Lui-même lui ouvrit la porte :

— Eh bien! Jean, qu'est-ce que tu fais?..... Tu ne pouvais pas, comme moi, railler cette péronnelle..... A nous deux, nous en aurions eu raison!..... Et, au lieu de cela, voici qu'elle nous berne! Je gage qu'elle n'apportera plus ici de macarons!

Cette dernière pensée mit le comble à la fureur de l'hôtesse : non seulement l'orgueilleuse l'humiliait, mais elle la ruinerait, sans doute au profit du *Grand Cerf*!.....

— Malheureuse! malheureuse! tu me forces à nous défendre! Sois sans crainte : nous nous défendrons!

Elle avait proféré cette menace à voix basse, pour que ce grand benêt de Jean ne l'entendît pas. Qui sait s'il n'eût pas pris parti pour la fille, bien libre, aurait-il dit, de refuser de l'épouser.....

— Va-t'en à tes fourneaux, Jean : c'est tout ce dont tu es capable, et encore! car si tu manques encore tes *mirotons*, ce sera la révolution chez nous..... comme ailleurs.

Jean s'éclipsa sous les éclats de la voix maternelle ; restée seule, l'hôtesse ne se calma point, se remémorant les moindres détails de la scène qui s'était passée.

Et l'idée de vengeance la reprenait de plus belle, lorsqu'une pensée l'illumina soudain.

Se venger, ne serait-ce pas facile? Tout à l'heure, la noce viendrait banqueter à la *Poire d'Or*, et parmi les convives seraient les fougueux conventionnels.....

Un sourire rasséréna les traits contractés de la matrone : l'odieux d'une dénonciation ne l'embarrassait pas. Chacun pour soi, en ce bas monde, se répétait l'irascible femme, prête d'ailleurs à faire pacte avec le diable pour peu que son intérêt l'eût exigé.....

.....La noce, après le repas interminable, passait à la salle de danse où déjà s'accordaient les violons, lorsque l'hôtesse fit entrer à son bureau les deux hommes redoutés.

Elle était solennelle : la sécurité publique et le bien de la nation la préoccupaient entièrement.....

— Citoyens, il y a des femmes suspectes non loin d'ici! Leur allure est mystérieuse ; leur parole réservée trahit néanmoins la haine de la République..... En bonne patriote, c'est de mon devoir de vous en prévenir!.....

Le plus jeune avait pris son carnet, traçait en quelques lignes les indications que complétait l'adresse de ces femmes, des aristocrates, à coup sûr.....

L'autre, le front plissé, l'œil sévère sous l'abri des lunettes, voyait une proie nouvelle s'ajouter à toutes celles qu'il avait sacrifiées déjà.

— Citoyenne, la nation te sait gré de ton civisme..... Le nécessaire sera fait dès demain!

. . . .

Cécile s'était confiée à la Mère qui la blâma un peu d'avoir attendu jusqu'à ce jour pour lui faire cet aveu. La colère de l'hôtesse, sa rancune probable ne l'émouvaient pas outre mesure ; elle se calmerait, sans aucun doute, et, n'ayant plus affaire qu'à Euphrosyne, oublierait Cécile et les projets anéantis.

Très affairée par des commandes qui arrivaient de toutes parts en dépit du secret gardé jalousement par la *Poire d'Or*, la religieuse ne s'attarda guère à discuter de cet incident. Elle savait que Cécile consacrerait à Dieu sa vie tout entière, ayant fait le vœu d'être à lui seul, en son cœur.

— Ne te trouble pas, ma fille, et laisse s'agiter le monde, dont nous ne sommes point et ne serons jamais en dépit de la fermeture de notre cher couvent! Nous avons cédé à la force, et, parmi des dangers sans nombre, la Providence nous a conduites ici, comme par la main. Poursuivons-y notre tâche en toute application, loyauté et confiance, usant du secret de Sœur Delphine qui nous appartient : travailler, c'est prier.....

Euphrosyne était plus inquiète que ses compagnes ; elle connaissait de longue date l'irascibilité de l'hôtesse et les dangers de la rancune qu'elle garderait à leur maison :

— Elle nous fera tort, ma Mère!..... sa langue est perfide ; comment s'en garer ?

— En se fiant à Celui qui dirige toutes choses.....

— Oui, sans doute ; mais il faut redoubler de précautions.

— J'en ai toujours usé.

— Prenez-en plus encore..... Les jours augmentent. A peine faisait-il nuit, hier, lorsque vous descendîtes à la cave pour aller vers le four.....

— Allons, ma bonne, ne vous montez pas ainsi la tête..... Parlons d'autre chose, si vous le voulez bien.....

— Je le veux, ma Mère!..... Car voici mon rêve qui est en voie de se réaliser, puisque les clients se succèdent chez nous. Donc, il nous faut un comptoir, il nous faut des chaises..... Hélas! on ne peut agrandir la chambre, mais nous donnerons congé au propriétaire dès que viendra le printemps!.....

— Oh! oh!..... en effet, c'est presque un rêve que tout cela!

— Et quand nous aurons un local convenable, plus spacieux — il n'en manque pas dans cette rue, — nous devrons aussi avoir une enseigne : c'est nécessaire et cela fait toujours bien.

— L'enseigne portera : « Fabrique de macarons », dit Cécile ; voyez, c'est tout trouvé!

— C'est trouvé trop vite et c'est trop pâle, ma foi! J'aimerais bien mieux un titre plus redondant..... Ma Mère, à vous de le choisir!

— J'y réfléchirai. Ce n'est pas d'un coup qu'on donne la note juste...... et puis, nous n'en sommes pas encore là !

— Oh ! ma Mère, le temps passe vite..... Voici près de trois mois que nous avons fait la première fournée ; et voyez comme nous sommes déjà connues!.....

Elles devisèrent ainsi, presque gaiement, jusqu'au soir en besognant avec ardeur. Toutefois, la religieuse n'avait pas révélé à ses compagnes sa pensée secrète, de crainte de trop les effrayer ; mais précisément parce qu'elles étaient déjà en vedette, il lui semblait difficile, sinon impossible, de continuer à s'introduire secrètement au logis familial.

Les voisins ne se demandaient-ils point déjà où ces femmes cuisaient leur pâtisserie, et la curiosité une fois en éveil amènerait vite la découverte de ce qu'elles voulaient cacher à tous.

Le lendemain, au matin, réunies toutes trois dans la chambrette, elles se disposaient à reprendre le travail, lorsque l'attention de Cécile fut soudain attirée par les allées et venues de deux passants qui regardaient attentivement la maison......

— Eh bien ! ma fille, qu'as-tu à trembler ainsi ?

Elle fit attendre sa réponse, puis devint pâle, si pâle qu'Euphrosyne s'élança pour la soutenir :

— Ma Mère, elle se trouve mal !

Ce cri rendit Cécile à elle-même ; maintenant les passants s'approchaient de l'escalier extérieur, en gravissaient les marches, heurtaient du pommeau de leur canne à la porte de la rue :

— Les conventionnels!..... Ils étaient hier à la *Poire d'or.*.

Ce peu de mots révélaient à eux seuls tout le péril.

— Cachez-vous, ma Mère, cachez-vous!.....

Euphrosyne courut au placard et l'ouvrit, répétant de même:

— Cachez-vous !

Mais la religieuse eut un geste négatif. Se cacher lui semblait superflu, mais aussi indigne d'elle, et d'autant que ses compagnes resteraient exposées au danger.

Un second coup, plus impératif, ne lui laissa d'ailleurs pas le temps de plus longues réflexions.....

— Du calme, mes chères filles!.....

Puis elle ouvrit la porte aux inquisiteurs.

Ils pénétrèrent hardiment dans la chambre, la fouillèrent des yeux, virent ces trois femmes debout, la taille ceinte d'un tablier blanc, et dans l'immense bassine placée sur la table un mélange mousseux au délicat parfum; mais, avant même qu'ils l'interrogeassent, la Mère dit avec simplicité :

Nous sommes *les Sœurs Macarons !*

VI

Un homme d'âge respectable, la barbe et les cheveux blancs, les yeux ternes, le dos courbé et les jambes flageolantes, arrivait à Nancy, un matin.....

Il avait dû fournir une longue étape ; ses vêtements élimés, poussiéreux, surtout l'air d'extrême fatigue répandu sur toute sa personne et la profonde tristesse empreinte sur ses traits eussent révélé au moins observateur la plus pénible des odyssées.

Sans doute elle n'était point close encore, car il passait fréquemment la main sur son front ravagé comme pour en écarter une nouvelle appréhension.

Etait-il sans gîte ? Peut-être ! De longs mois d'absence en ces temps de trouble ménageaient, le plus souvent, de cruelles surprises à ceux qui revenaient en leur ville natale, où leur nom était rayé de la liste des vivants.....

Et il ralentissait le pas, redoutant à présent de voir par ses yeux les choses auxquelles il avait pensé si souvent, de si loin, hélas !

Les passants le frôlaient, les uns indifférents, les autres apitoyés :

— Pauvre bonhomme !..... D'où sort-il, celui-ci ?

Il les regardait, cherchant à reconnaître leur figure, et n'y parvenant jamais.

La cité même, pourtant bien familière, s'efforçait de le dérouter ; ses rues principales, à la place des vieux noms chers au cœur, doux à l'oreille, avaient pris des titres pompeux qui évoquaient chez lui de pénibles souvenirs. Alors, baissant la tête, soupirant tout bas, il murmurait :

—La Révolution a tout bouleversé, même mon Nancy !

Enfin, il aperçut ce qu'il cherchait.....

C'était une maison à la façade grise, dont la vue seule redoubla son émotion. Il l'eût souhaitée vide, d'aspect morne comme celle qui a perdu ses hôtes et ne s'en console pas. Mais le passé n'était plus et peut-être l'oubliait-elle, car elle semblait s'efforcer de revivre, témoignait d'une certaine animation ; ses fenêtres au large ouvertes laissaient passer un bruit de voix, même un éclat de rire..... Oh ! ce rire, comme il lui fit mal. Puis des pas résonnaient sur les dalles du corridor ; des gens sortaient, d'autres gravissaient les marches de pierre et entraient à leur tour.....

Il suivit ceux-ci, pénétra à leur suite dans la salle du rez-de-chaussée où se dressait un comptoir ; une jeune fille au doux visage, vêtue d'une robe noire et coiffée d'un bonnet blanc, vaquait à l'entour.....

— Que désirez-vous, Monsieur ?

Deux fois elle répéta la question sans qu'il parût l'entendre.

Se croyait-il donc le jouet d'un rêve, ou hésitait-il à expliquer sa présence en ce lieu ?

— Je me trompe, sans doute ? dit-il enfin, car je me croyais chez M. Bernard ?

A peine eut-il parlé qu'un cri s'éleva de la pièce voisine ; une femme, tremblant de tous ses membres, s'avança, les bras tendus :

— Vous !..... Vous, mon frère !..... Dois-je en croire mes yeux ?

Ils se considéraient en pleurant, s'étreignaient les mains, murmuraient des mots sans suite, doutaient encore de leur bonheur. C'était miraculeux de se retrouver ainsi, dans la maison de famille, après des vicissitudes sans nombre, des épreuves si cruelles qu'elles les avaient vieillis tous les deux !.....

— Mon frère, je vous croyais mort !

— Et moi, ma sœur, j'étais bien anxieux en songeant à vous !

— Que Dieu est bon, qu'il nous aime !

— Remercions-le de nous avoir protégés !.....

Cécile et Euphrosyne assistaient à cette scène touchante et laissaient aussi couler leurs larmes, s'unissant à l'action de grâces qui s'élevait vers le ciel.

Quel long récit restait à faire de part et d'autre ! La religieuse supplia son frère de parler le premier ; mais elle l'entraîna tout d'abord vers la chambre où, déjà, ses compagnes dressaient la table pour restaurer le voyageur.....

Il venait de Lyon ; la mort de Robespierre rendait libres tous les prisonniers.

— De Lyon !..... Vous étiez à Lyon ?

— J'y avais été envoyé avec mon pauvre ami, l'abbé A..., pour partager son sort : « Ah ! citoyen, tu te mêles de cacher des prêtres ?.... Tu iras boire un coup dans le Rhône avec eux..... » Et après un trajet dont je ne vous conterai pas toutes les souffrances, nous fûmes jetés en prison pour y attendre la mort.....

Elle vint, dès le lendemain, chercher l'abbé. Il partit en me bénissant :

— Je prierai pour vous, là-haut !

Ceux qui m'entouraient s'en allèrent successivement à l'appel du geôlier. Mon nom n'était point encore sur la liste fatale, après des semaines, des mois de captivité si douloureuse que j'ai désiré souvent en finir. Mais je sentais planer sur moi comme une protection ; une voix secrète murmurait à mon âme :

— Tu reverras Nancy !.....

Je n'y croyais guère, à ce présage ; souvent, je le traitais d'hallucination ; mais si l'on m'eût prédit ce qui arrive en ce moment, j'aurais pensé qu'on me raillait.....

— Et moi, mon frère, lorsque j'arrivai, après ma sortie du couvent, à la porte de cette maison où tendaient tous mes vœux, qu'elle resta close, hélas ! et qu'on m'apprit votre arrestation, aurais-je osé jamais entrevoir que j'y rentrerais sans vous, sous la haute protection de deux pourvoyeurs de l'échafaud ?

— Que me dites-vous là, ma sœur ?

— La plus surprenante des vérités. Recueillies tout d'abord, ma chère novice Cécile et moi, par la bonne Euphrosyne.....

— Votre obligée, cher Monsieur Bernard !

Il sourit de l'interruption et, d'un geste, tenta de modérer l'élan de reconnaissance qui jetait la pauvrette à ses pieds.

Mais elle se contenait depuis trop longtemps pour rester muette, et il lui fallait, sous peine d'étouffer, crier tout ce qu'elle avait dans le cœur.

— Ce sont vos bonnes œuvres, votre charité inépuisable qui ont plaidé pour vous là-haut, mon bienfaiteur !..... J'ai été malade; vous m'avez assistée ; et combien d'autres, aussi, ont éprouvé les effets de votre charitable cœur !.....

Elle sanglotait, les mains jointes dans l'effusion de sa reconnaissance, et M. Bernard tentait vainement de la calmer.

— Vous avez noblement payé votre dette, Euphrosyne, en venant en aide à ma sœur.....

— Oui, dit la Mère, sans elle qu'aurions-nous fait, ma compagne et moi, lorsque, trouvant votre porte close, nous apprîmes que vous aviez été arrêté ?..... Elle m'a emportée chez elle, soignée elle aussi, voulant courir les risques d'une enquête sur notre compte qui lui eût amené les plus graves ennuis.....

— Où serait le mérite de bien agir, ma Mère, si l'on n'avait rien à redouter ?

— C'est vrai qu'il serait moindre, ma bonne ; mais durant la période néfaste que nous avons traversée, il fallait un grand courage pour faire acte de dévouement.....

— Or, mon frère, avant de reprendre les choses d'un peu loin, au moment même où les travaux d'aiguille nous étaient refusés, j'eus l'idée d'utiliser le secret de Sœur Delphine et de fabriquer des macarons.....

— Je vois, en effet, que vous tenez boutique, dit M. Bernard souriant et regardant à l'entour de lui. Toutes ces petites caisses seraient-elles destinées aux envois que vous faites?..... Alors, votre commerce est prospère, ma sœur?

— Il commence à l'être, mon frère, et il le sera plus encore, s'il plaît à Dieu !

— Mais expliquez-moi votre parole de tout à l'heure ; tout d'abord, comment êtes-vous ici ?

— Je vais vous le dire ; en premier lieu, comme il me fallait un four pour ma pâtisserie, je me suis introduite clandestinement dans notre maison.

— Vous risquiez beaucoup.

— Je le savais ! mais avais-je le choix des moyens?

— Vous possédiez une double clé?

— Pas même ; je me suis souvenue, simplement, de la façon dont s'ouvre la cave sur la rue.....

— Vraiment!..... Et moi qui ai été tenté, bien des fois, d'y mettre une serrure!..... Cela aurait tout entravé!

— Peut-être ; tandis que je suis entrée sans difficulté aucune jusqu'à l'arrière-cour.

— Je reconnais, cette fois, que les trappes extérieures, qu'on parle de supprimer, ont du bon. Mais, de là à occuper le logis au vu et au su de tout le monde, il y a de la marge ; quel est l'avocat qui a plaidé pour vous, ma sœur ?

— Nos macarons.

— Comment cela ?

— Voici. Ils commençaient à être connus et appréciés, lorsque nous fûmes signalées comme dangereuses à deux commissaires de la Nation.....

— Ma pauvre amie !.....

— Ne tremblez pas !

— Mais ils sont impitoyables, si vous l'ignorez ?

— Je le présume ; et quand ils frappèrent à notre porte, nous nous crûmes perdues.....

— Mais alors ?.....

— Votre nom, citoyennes ? dirent-ils, **sévères.**

Et je répondis :

— Les Sœurs Macarons.

Surpris d'abord, ils s'écrièrent :

— Tiens !..... C'est ici qu'on fait ces petits *machins-là* ?.....

— Oui, citoyens ! s'écria Euphrosyne ; et, justement, nous en avons de tout frais à vous offrir.....

Elle s'empressait d'apporter sur la table deux belles douzaines des mieux réussies ; et, après un instant d'hésitation — oh ! qui ne dura pas plus d'une seconde, — les féroces commissaires les croquèrent à bouche que veux-tu.

Ils parlaient en mangeant, désarmés :

— C'est depuis longtemps, citoyennes, que vous êtes établies ?

— Depuis qu'on a refusé aux ouvrières des ouvrages de couture..... Alors, l'idée nous est venue d'utiliser la recette de l'une de nos Sœurs qui excellait à fabriquer des macarons.

— Certes !.....

Et ils se regardaient, semblant se dire que notre industrie ne mettait pas la patrie en danger.

— Mais comment cuisez-vous ?

Nous pâlimes, sauf Euphrosyne, qui avait toutes les audaces ce jour-là.

— Dame!..... comme nous pouvons..... Le fourneau n'est pas mauvais..... Pourtant, on manque parfois des commandes ; c'est bien ennuyeux!..... Ah!..... si nous pouvions louer le four de la maison vis-à-vis?.....

— Il y a un four ?

— On l'assure.....

— Bon! l'on verra.

Mais s'ils avaient eu la fantaisie d'y *voir* tout de suite, nous étions perdues.....

— Oh!..... ma Mère, ils ne le pouvaient pas.....

— En mandant un serrurier?.....

— Le bon Dieu ne l'a pas permis.

— C'est, en effet, la seule raison valable : nous jouions en ce moment quitte ou double.....

Car, redevenus sévères, ils ajoutaient, soudain :

— D'autant plus, citoyennes, que vous nous avez été signalées comme suspectes..... entendez-vous?

— Nous? s'écria Euphrosyne.

Et, se prenant à rire :

— Les macarons nous donnent assez de besogne sans que nous mettions le nez dans ce qui ne nous regarde pas!

— Bien dit!.....

Ils se rassérénaient ; toutefois, leurs yeux de lynx fouillaient la chambre.

— Faites-nous voir tout le logement.

Ce ne fut pas long d'en faire le tour ; une seule pièce et un cabinet composaient notre logis. Cécile, avec ostentation, ouvrit le placard pour bien montrer que des vêtements seuls se cachaient dans ses profondeurs.

— C'est trop peu de place, vraiment! soupirait-elle ; jamais nous ne pourrions installer un comptoir, s'il nous venait des clients?.....

On eût dit que cette unique préoccupation nous hantait. Nous restâmes pourtant la proie d'une extrême inquiétude lorsque les visiteurs se furent retirés, impassibles comme la justice, regrettant peut-être de nous avoir mises en confiance en se faisant trop bons princes dès le commencement.

Le matin même, nous devinâmes d'où partait la dénonciation. Le visage rogue de l'hôtesse de la *Poire d'Or*, lorsqu'elle revit Euphrosyne, révélait la rancune vouée à Cécile ; mais, les jours suivants, il passa par des phases différentes dont la plus accentuée était bien toute d'étonnement. Elle avait cru, sans aucun doute, à notre arrestation immédiate ; le retard qu'on y apportait la rendait prudente pour elle-même et soucieuse aussi de se pourvoir toujours de macarons.

Elle redevint aimable lorsque nous fûmes autorisées à louer toute notre maison : « dans l'intérêt du consommateur ».

Ah !..... nous ne nous le fîmes pas redire, bien heureuses d'un dénouement que les plus beaux rêves ne nous eussent pas fait entrevoir.

Nous en prîmes possession à la fête de saint Michel ; la statue était restée indemne, à l'abri des outrages, quand tant de pieuses images avaient été renversées par la rage de la Révolution ; l'archange, vous l'avez vu, continue à brandir son épée et à fouler d'un pied vainqueur le corps du dragon.....

— C'est le patron des marchands, ma sœur. Jadis, cette image se plaçait au seuil des boutiques comme brevet d'honnêteté. Notre arrière-grand-père, fabricant de broderie, avait placé son commerce sous l'égide du Saint ; et voici que sa descendante s'en vient, à cette même place, ouvrir un commerce de macarons !.....

— Et j'ai commandé l'enseigne qui sera posée demain, puisque les temps ne sont plus à la terreur..... Ah ! mon frère, après la joie de votre retour qui surpasse tout ce que je pouvais souhaiter, je placerai celle d'avoir des nouvelles de mes chères filles dispersées un peu partout..... Quel déchirement pour mon cœur que cette cruelle séparation !....

Le vœu de la religieuse fut exaucé. Si la mort avait décimé déjà le troupeau fidèle, ses débris furent heureux de retrouver la Mère que l'on croyait perdue. Et quelle surprise de la savoir à la tête d'une maison plus prospère de jour en jour !.....

Longtemps, la Mère et les filles espérèrent qu'il leur serait donné de voir le cher couvent rouvrir ses portes ; avec quel bonheur elles fussent revenues se blottir dans l'asile bien-aimé vers lequel tendaient leurs vœux et leurs souvenirs !..... Mais Dieu en avait décidé autrement.

Les *sœurs Macarons* restèrent jusqu'à la fin dans leur maison de la rue de la Hache où les clients affluaient de partout. La ville, la banlieue, la province, toute la France apprécièrent le secret de Sœur Delphine, dont les pauvres, les premiers, bénéficiaient largement.

Ce fut la consolation suprême de ces nobles et courageuses femmes si éprouvées par la tempête révolutionnaire, que de prodiguer l'or de leurs gains à tous ceux qui en avaient besoin.

FIN

49-12. — Imprimerie P. Feron-Vrau, 3 et 5, rue Bayard, Paris, VIIIe.

9 782019 931759